मिशन कच्छ : 1972 चेप्टर 1 & 2

विवेक कुमार पांडे शंभुनाथ

इस किताब को लिखने के दौरान मुझे बहुत ही प्रोब्लम हो रहा था । लेकिन आप सभी का और मेरे पिताजी का आशीर्वाद रहा मैंने इस किताब को लिख दिया । आप ने पढ़ा होगा तो ख्याल आया ही होगा । इतने सारे केरेक्टर और करीब 80 से ज्यादा पेज कि यह एक कहानी मिशन कच्छ : 1972 चेप्टर 1 और चेप्टर 2 । मुझे भी इतिहास के पन्ने पढ़ने पड गए । अगर आप इस किताब को पढ़ेंगे तो आपको बहुत फायदा होगा, इतिहास जानने को मिलेगा और नोलेज बढ़ेगा । ये किताब बच्चे और बुढ़े ,नव जवान पढ सकते हैं । आप भी तो जान ले आखिर क्या हुआ था 1972 में । कहानी पढ के आप भी दंग रह जाएंगे । में जानता हूं आज कल के लोग पढ़ने में इतना लगाव नहीं रखते है । लेकिन याद रखे किताब पढ़ने से ही ज्ञान होगा । पुस्तकं ज्ञान ददामि संस्कृत में यह कहावत है। एक बार पढ के जरूर बताइएगा बहुत ही जबरदस्त कहानी है ।

क्रम-सूची

प्रस्तावना

इस किताब में मिशन कच्छ : 1972 चेप्टर 1 & 2 कि स्टोरी है. इस किताब को लिखने के दौरान कोई भी धर्म या जाति एवम् किसी भी परिवार के सदस्य को नुक्सान नहीं पहुंचाया गया है. इस किताब को लिखा हैं विवेक कुमार पांडे जी ने .।

भूमिका

मेरा नाम विवेक कुमार पांडे है और मैं एक लेखक हु , में गुजरात के सुरत में निवास करता हूं.मेरा जन्म ३० सेप्टेंबर २००२ में हुआ था, और मुझे बचपन से एक्टर बनने का सोख रहा है और अभी भी है.। में कभी ये नहीं सोचता की लोग क्या कर रहे हैं में ये सोचता हूं कि में क्या कर रहा हूं, में आज सफल हूं तो अपने पापा की वजह से आज वो रहते तो उन्हें बहुत खुशी होती , वो सदा और हमेशा मेरे साथ रहेंगे.। मेरे रियल लाइफ के सुपरस्टार और सुपर हीरो मेरे प्यारे पापा है । आई लव यू पापा । पापा को मेरे हाथ कि चाय बहुत अच्छी लगती थी ।

जब उनका मन करता था चाय पीने के लिए तो वो कहते थे । मुझे चाय पीना है कौन बनाएगा मम्मी कहती में बना देती हूं लेकिन पापा कहते नहीं मेरा बेटा बनाएंगा । उसके हाथ कि चाय मुझे बहुत अच्छा लगता है । जब भी काम करके घर आने वाले होते हैं तब मुझे फोन करते है विवेक बेटा बोलो क्या खाओगे सेब ले लु । में कहता ठीक है पापा ले लिजिए । पापा कहते कितना लू एक किलो या 2 किलो । में कहता नहीं पापा सिर्फ में ही खाता हूं भईया और दीदी को फल अच्छा ही नहीं लगता है इसलिए 3 सेब ले लेना । लेकिन पापा मेरे लिए दो तीन किलो फल लेकर आ ही जाते थे । पहले ले लेते फिर मुझे फोन करते । हमेशा ऐसा ही करते थे ।

में ये नहीं कह रहा हूं कि मुझे बहुत ज्यादा प्यार और मानते थे । वो अपने तीनों संतानों को प्यार करते थे । सबसे छोटा तो में ही था घर में , मुझसे बड़ी मेरी बहन और मेरी बहन से भी बडे मेरे भईया । में आज भी वो दिन का इंतजार कर रहा हूं जब पापा मेरे लिए कुछ लेकर आएंगे । मेरे कान तरस रहे है वो आवाज़ सुनने के लिए । लेकिन कहते हैं जो चीज चली जाए वो कभी लौटकर नहीं आती है । आप सभी से निवेदन है आप अपने मम्मी और पापा का ध्यान रखें । दुनिया में एक ही भगवान है वो है माता ओर पिता ।

1

मिशन कच्छ : 1972 चेप्टर 1

मिशन कच्छ : 1972 चेप्टर

- यह कहानी एक काल्पनिक है। इस किताब को लिखने के दौरान कोई भी धर्म या जाति एवम् किसी भी परिवार के सदस्य को नुक्सान नहीं पहुंचा या गया है। हम किसी भी समाज एवम् संस्कृति को ठेस नहीं पहुंचाना चाहते हैं । इस किताब को लिखे हैं विवेक कुमार पांडे शंभुनाथ जी ने। यह एक रचयिता कहानी है।

पात्र :
सचिन वर्मा (सैनिक)
मेजर गमित सिंह
मेजर ध्यानचंद
कर्नल भार्गव
लेफ्टिनेंट कर्नल विवेक कुमार पांडे (लेखक)
वीर अर्जुन (सैनिक)
इंदिरा गांधी (प्रधानमंत्री)
घनश्याम ओझा (मुख्यमंत्री)
ज़ुल्फ़िक़ार अली भुट्टो (पाकिस्तान का प्रधानमंत्री)

(वक़्त था 1972 का जब पाकिस्तान ने गुजरात के कच्छ में घुस कर करीब 70 से ज्यादा लोगों को बंदी बनाकर पाकिस्तान में लेकर आये । और जो जाने के लिए तैयार नहीं हो रहे थे । पाकिस्तानी उन्हें बेहरहमी से मार देते थे ।)

भारतीय नागरिक पाकिस्तानी सैनिकों से कहता है

भारतीय नागरिक : हमें कहा ले जा रहे हो । हमने तुम्हारा क्या बिगाड़ा है । जो हम सभी को मार रहे हो और बंदी बना रहे हो ।

पाकिस्तानी सैनिक : हम सभ तुम्हें स्वर्ग कि दुनिया में ले जा रहे हैं । जहां सिर्फ हम और तुम । हां हां हां हां

भारतीय नागरिक : लेकिन तुम ऐसा क्यों कर रहे हो । हमारे साथ । छोड़ दो हमें

पाकिस्तानी सैनिक : अच्छा मुझे ये बताओ तुम ने साहारा रेगिस्तान के बारे में तो सुना ही होगा ।

भारतीय नागरिक : हां सुना है ।

पाकिस्तानी सैनिक : उधर जाना पसंद करोगे ।

भारतीय नागरिक : क्यों ??

पाकिस्तानी सैनिक : तो हमें बता देना कि तुम्हरा लाश कौन से रेगिस्तान में और कौन जानवर के आगे डालना है । वैसे जानवर तो हम भी है जंगली नहीं है । तुम्हें पुरा नहीं खायेंगे आधा ही खायेंगे समझे ।

(करीब रात दो बजने वाले थे पाकिस्तानी सैनिकों ने भारतीय नागरिकों को बंदी बना लिया था । और गांव में जितने भी घर थे उन्हें तबाह कर दिया था । फिर वह सभी को लेके पाकिस्तान (कोहलु) कि तरफ र वाना हो रहें होते तभी भारतीय सैनिक उनके फाइटर जेट और एरोप्लेन पर हमला करना शुरू कर देते हैं । पाकिस्तानी सैनिक भी हमला करना शुरू कर देते हैं । पाकिस्तानी सैनिक उनके एयर बेस को तबाह कर देते हैं । और करीब 4 से 5 भारतीय सैनिक घायल हो जाते हैं । पाकिस्तानी अपना फाइटर जेट लेके र वाना हो जाते हैं ।)

(भारतीय सैनिकों को नहीं पता था कि उस फाइटर जेट में भारतीय नागरिक है। जो पाकिस्तानी सैनिक उन्हें बंदी बनाकर पाकिस्तान ले कर जा रहे थे और वही फाइटर जेट पर भारतीय सैनिक हमला कर रहे थे ।)

(भारतीय सैनिकों को यह बात कि खबर लग जाती है ,कि पाकिस्तानी सैनिकों ने कच्छ में हमला किया है । मेजर गमित सिंह ने सभी बटालियन के सैनिकों को उस जगह पर आने को कहते है । करीब रात के 4 बज रहे थे।)

मेजर गमित सिंह : मुझे यह बात कहते हुए बहुत ही दुःखी हो रहा है कि पाकिस्तानीयो ने हमारे कच्छ बेस पर हमला किया है । जिस में हमारे 5 सैनिक घायल हो गए हैं ।

(भारतीय सैनिकों से कर्नल भार्गव गुस्से से कहते हैं)

कर्नल भार्गव : लेकिन वह कैसे घुस गए , रडार से कुछ सिंगनल नहीं आया । तुम लोग क्या कर रहे थे ।

सचिन वर्मा : सर सिंगनल तो आया था । पर जब उन्होंने ने एयर बेस को तबाह कर दिया था तब ।

वीर अर्जुन : सर हमने उनके फाइटर जेट को तबाह करने कि कोशिश कि पर तबाह नहीं कर पाए । हमने कोशिश तो किया था सर पर नाकामयाब रहे ।

मेजर ध्यानचंद : सर हमें । गांव के लोगों से पुछना चाहिए । क्योंकि पाकिस्तानी सैनिकों ने गांव पर भी हमला किया था ।

कर्नल भार्गव : शर्म आनी चाहिए तुम सब के रहते हुए । उन्होंने ने इतना कुछ कर दिया और तुम्हें पता भी नहीं चला।

लेफ्टिनेंट कर्नल विवेक कुमार : हां सर हमें एक बार गांव के लोगों से पूछना चाहिए ।

कर्नल भार्गव : ठीक है चलो वैसे भी तुम लोग कर भी क्या सकते हो । मुझे तो अभी भी विश्वास नहीं हो रहा है कि तुम सबके मौजूदगी में ऐसा हो गया । चलो गांव के लोगों से पुछते है ।

(कच्छ के एयरबेस से 2 से 3 किलों मीटर दूर गांव था । सभी सैनिक गांव पहुंचकर गांव के नागरिकों से पूछते हैं । और सभी सैनिकों ने देखा कि वहां पर तो दो-तीन लाश पड़े हैं और पूरा गांव को तहस-नहस कर डाला था पाकिस्तानी सैनिकों ने । गांव के लोगों की संख्या भी कम दिख रही थी ।एक घायल पड़ा बूढ़ा व्यक्ति बेहोश पड़ा पानी पानी चिल्ला रहा था। सैनिक उन्हें उठाते हैं और पानी देते हैं और पुछते है क्या आप हमें बता सकते हैं कि यहां पर क्या हुआ था ।)

व्यक्ति : करीब रात के 1 : 30 बज रहे थे और मैं बाहर सोया था तभी मैंने बंदूकों की आवाज सुनी और जब देखा तो कुछ सैनिक एयरबेस पर हमला कर रहे थे और पाकिस्तानी सैनिकों ने पूरे गांव के लोगों को बंदी बनाकर पाकिस्तान लेकर गए हैं। जो नहीं जा रहे थे वह उन्हें बेहरहमी से मार देते थे ।

मेजर गमित सिंह : वह कितने लोग थे क्या बता सकते हैं अंदाजा ।

व्यक्ति : यह तो मैं नहीं जानता कि कितने लोग थे ,लेकिन एक फाइटर जेट था और एक बहुत बड़ा एरोप्लेन था वह जानता हूं। लेकिन जो भी हुआ वह बहुत ही

भयानक और दर्दनाक हुआ उन्होंने मेरे परिवार के सदस्य और मेरे गांव के सदस्यों को जबरदस्ती बंदी बनाकर पाकिस्तान लेकर गए हैं।

कर्नल भार्गव : इसका मतलब जब हमारे सैनिकों ने उनके दो फाइटर जेट पर हमला किया उसमें हमारे देश के नागरिक भी मौजूद थे । कहीं गोलियां तो उनको भी नहीं लगा होगा ना ।

मेजर ध्यानचंद : सर मेरे ख्याल से दो तीन गोलियां तो लगा ही होगा ।

वीर अर्जुन : इसका बदला में जरूर लूंगा सर मैं क्या हमारी पूरी भारतीय सेना इन पाकिस्तानी सैनिकों को ईट का जवाब पत्थर से देंगे ।

कर्नल भार्गव : लेकिन वह गांव के लोगों को बंदी बनाकर क्यों लेकर गए ।

(तभी बूढ़ा व्यक्ति बोला कर्नल भार्गव से)

व्यक्ति : वह लोग कह रहे थे कि तुम्हारा लाश हम कोई अच्छे रेगिस्तान में फिंकवा देंगे । और पूछ रहे थे कि कौन सा जानवर तुम्हें खाए तो ठीक लगेगा या फिर हम ही खा जाए हम भी तो एक जानवर ही हैं।

मेजर ध्यानचंद : सर हमें जल्दी ही कुछ करना पड़ेगा वरना वह पाकिस्तानी हमारे गांव के लोगों को खत्म कर देंगे।

कर्नल भार्गव : मैं जानता हूं कि वह पाकिस्तानी उन्हें इतनी आसानी से आजाद नहीं करेंगे । हमें उनसे डायरेक्टली बात नहीं करना चाहिए हमें डायरेक्टली उनके प्रधानमंत्री से बात करना चाहिए ।

कर्नल भार्गव पाकिस्तान के प्रधानमंत्री को फोन लगाते हैं और कहते हैं ।

कर्नल भार्गव : में कर्नल भार्गव बोल रहा हूं , हिंदुस्तान से । आपके सैनिकों ने हमारे 70 लोगों को बंदी बनाकर पाकिस्तान लेकर गए हैं । 1 घंटे पहले की ही बात है ।

पाकिस्तानी प्रधानमंत्री : में कुछ नहीं जानता हूं । इसके बारे में, कौन क्या कर रहा है , कौन किसे बंदी बना रहा है । क्या मेरा वहीं काम है क्या । मैं तुम्हारा चपरासी तों नहीं हुं ना कि जब जो कहोगे मैं वही करूंगा। अगर आयेंगे तो उनकी खातिरदारी कर के भेजेंगे समझे जनाब ।

कर्नल भार्गव : लेकिन !!

पाकिस्तानी प्रधानमंत्री : लेकिन वेकिन मत करो । मैं फ़ोन रखता हूं । खातिरदारी करके भेजूंगा ।

(फोन डिस्कनेक्ट हो जाता है)

कर्नल भार्गव : कुछ तो करना पड़ेगा जिससे उन लोगों को में सबक सिखा पाऊं ।

मेजर ध्यानचंद : कुछ नया और बेहतरीन सुविधाएं देनी पड़ेगी इन पाकिस्तानी यो को ।

वीर अर्जुन : सर गांव कि हालत तो देखिए । बिचारे कितने मेहनत से बनाया होगा उन्होंने अपना घर ।

मेजर गमित सिंह : लेकिन रडार से सीगनल क्यों नहीं आया ।

कर्नल भार्गव : क्या मसला है वो मुझे भी समझ नहीं आ रहा है ।

सचिन वर्मा : सर मेरे ख्याल से हमें रडार के पास जाकर चेकिंग करना चाहिए ।

(तभी कर्नल भार्गव को छोटे से बच्चे कि रोने कि आवाज़ आती है । वो बच्चा बड़े से पत्थर के नीचे दबा था और बहुत ही रो रहा था । उसके सर से खुन बह रहा था । कर्नल भार्गव उस बच्चे के पास जाते हैं और उनकी सभी टीम ने मिलकर उस बच्चे को बाहर निकाला ।)

(वह बच्चा करीब 17 साल का था । वह मां मां चिल्लाते अपनी मम्मी को ढूंढ रहा था । उसे बहुत चोट भी लगा था । कर्नल भार्गव ने उसे बुलाया ओर कहा)

कर्नल भार्गव : क्या हुआ । क्यों रो रहे हो । तुम्हारा नाम क्या है ।

बच्चा : मेरा नाम रोशन है ।मुझे मां के पास जाना है । और ये मेरा घर से टुट गया । मेरे मम्मी पापा कहां है ।

कर्नल भार्गव : पुरा नाम बताओ बेटा।

रोशन : मेरा पुरा नाम रोशन ठाकुर है ।

कर्नल भार्गव : तुम्हारे पापा और मम्मी बाहर गए हैं।

रोशन : क्यों वो मुझे छोड़कर बाहर गए हैं । आज मेरा जन्मदिन है मां ने कहा था मैं तेरे लिए केक लेकर आती हूं । तु रुक इधर ।

कर्नल भार्गव : वो तुम्हारे लिए बहुत सारे चोकलेट और गिफट लेकर आयेंगे । तुम्हें सरप्राइज देंगे । अच्छा मुझे एक बात बताओ तुम्हारा सपना क्या है ।

रोशन : मेरा एक ही सपना है । मैं बस नाम कमाना चाहता हूं । और नाम कमाके देश कि रक्षा करना चाहता हूं । मुझे आर्मी बनना है और मैं उसकी तैयारी अभी कर रहा हूं ।

कर्नल भार्गव : बहुत बहादुर हो तुम । मैं तुम्हें आशीर्वाद देता हूं कि तुम आर्मी बनोगे तैयारियां करते ही रहना.वैसे तुम्हें चोट कैसे लगा कुछ पता है ।

रोशन : नहीं कुछ नहीं पता मुझे । मुझ पर अचानक एक पत्थर टूट कर गिर गया और मैं बेहोश हो गया । मेरी मां आएगी ना सर ।

(कर्नल भार्गव अपने बटालियन के सैनिकों से कहते हैं । इस बच्चे को किसी सुरक्षित स्थान पर ले जाव और इसका ध्यान रखना। कर्नल भार्गव और मौजूद सभी सैनिक उस बच्चे का दर्द देख ना पा रहे थे । सभी का आंख भर आया उस बच्चे को देखकर ।)

मेजर गमित सिंह : सर हमें रडार के पास जाना चाहिए और देखना चाहिए कि क्या हुआ है ।

कर्नल भार्गव : हां ठीक है चलते हैं (चलो)

(रडार ओफिस के पास सभी पहुंचे । वहां पर भी देखा कि कुछ सैनिक घायल थे । रडार के पास बहुत सारा लिफाफा पड़ा था । उसे वीर अर्जुन ने उठाया और पढ़ा)

सलाम मियां

मैं जानता था तुम ये लिफाफा उठाकर पढ़ोगे । जब उठा ही लिया है तो अच्छे से पढ लो । हमने पुरा 70 शिकार किया है और हां तुम लोग हमें बता देना उनका लाश कौन से रेगिस्तान फेंकवाना है । हम तो चले चाय पीने । अगर चाय तुम्हें भी पीना है तो लिफाफा में चायपत्ती और चीनी रख दिया है , बना लेना लेकिन तुम बनाओगे कैसे । एक काम करना जंगल से लकड़ियां काट कर चुलहा बना कर । चाय बना लेना ।

~ तुम्हारा दोस्त फ़कीर बाबा

लेफ्टिनेंट कर्नल विवेक कुमार : इन पाकिस्तानी यो ने तो हद ही पार कर दी ।

मेजर गमित सिंह : करने दो इन्हे हद पार हम जब सरहद पार करेंगे फिर तो उनकी खेर नहीं ।

कर्नल भार्गव : नहीं हम कोई भी काम जल्दबाजी में नहीं करेंगे ।

लेफ्टिनेंट कर्नल विवेक कुमार : सर लेकिन हमारे उन लोगों का क्या जिन्हें पाकिस्तानियो ने बंदी बना कर अपने देश लेकर गए हैं ।

वीर अर्जुन : हां सर । उन सभी की जिंदगी खतरे में है सर हमें कुछ करना ही पड़ेगा।

कर्नल भार्गव : उनकी शिकायत मुझे भी है लेकिन हमें कोई भी काम जल्दबाजी से नहीं करना चाहिए पहले हमें अपने प्रधानमंत्री को यह सब बात बताना पड़ेगा।

मेजर गमित सिंह : लेकिन सर इंतजार क्यों करना है हमारे पास सैनिक भी है हम अभी पाकिस्तान में घुसकर उनको सबक सिखाएंगे और अपने भारतीय नागरिकों को अपने देश वापस लेकर आएंगे।

कर्नल भार्गव : सिर्फ कहना आसान है करना बहुत मुश्किल है उन्होंने पहले से ही प्लानिंग बना लिया होगा अगर हम बिना प्लानिंग के गए पाकिस्तान में प्रवेश करते हैं तो सभी को जान का खतरा हो सकता है ।

वीर अर्जुन : सर हम पर भारत माता का आशीर्वाद है हमें कुछ नहीं होगा और हम अपने आदमियों को भी बचा कर लेकर आएंगे । मुझे डर मरने का नहीं है सर। मुझे इधर रुकने का गम है। अगर मेरे साथ अभी कोई नहीं चलेगा तो मैं अकेले ही जाऊंगा ।

मेजर ध्यानचंद : नहीं रुक जाओ । गुस्सा तो सभी के अंदर है और बदले की आग भी लेकिन बिना अपने प्रधानमंत्री से बात किए बगैर और प्लानिंग बनाएं हम नहीं जा सकते हैं।

वीर अर्जुन : सर क्या प्लानिंग बनाना है यही कि भाई तुम इस दिशा में जाओ तुम उस दिशा में जाओ सर बात यहां प्लानिंग का नहीं है सर मुझे तो कभी लगता है , शायद मुझे इस वर्दी को पहनने से कोई फायदा नहीं है।

कर्नल भार्गव : वीर अर्जुन तुम अभी कितना भी प्रयास कर लो लेकिन अभी कोई नहीं जा सकता । पहले चलो हम सभी प्रधानमंत्री से बातचीत कर ले। उसके बाद हम अपना फाइटर जेट लेकर पाकिस्तान का सर्वनाश कर देंगे ।

लेफ्टिनेंट कर्नल विवेक कुमार पांडे : मेरे ख्याल से भार्गव सर जो भी कह रहे हैं वह सच कह रहे हैं पहले हमें अपने प्रधानमंत्री से बात कर लेना चाहिए कोई भी काम हमें जल्दबाजी में नहीं करना चाहिए ।

वीर अर्जुन : सर यह बात तो तय है मैं अभी किसी के बात नहीं सुनने वाला और ना ही मैं किस से मिलने जाने वाला हूं मैं अपने देश के नागरिकों बचाकर उन्हें भारत जीवित लेकर आऊंगा । अकेला ही जाऊंगा भले मेरा कोई साथ दे या ना दे मैं अभी ही जाऊंगा। मैं चला । जय हिन्द।

कर्नल भार्गव : रुक जाओ अर्जुन तुम बात को समझने के लिए तैयार ही नहीं हो रहे हो । अगर तुम इतना ही जिद कर रहे हो तो जाओ लेकिन पाकिस्तान को श्मशान बना कर आना । जय हिन्द ।

(वीर अर्जुन पाकिस्तान के तरफ र वाना हो जाते हैं)

(उधर पाकिस्तानी हमारे 70 नागरिकों को लेके पाकिस्तान पहुंच जाते हैं ।)

अबु शेयफ : आज हमने बहुत बड़ा शिकार किया है ।

हाफिज रहमान : सही कह रहे हो तुम आज हमने बहुत बड़ा हाथ मारा है । वैसे इन लोगों का करेंगे क्या हम ।

आफरीदी खान : अरे वही जो पहले से करते आ रहे हैं इनको भी काट कर खा जाएंगे ।

अबु शेयफ : वैसे आईडिया तो ठीक है पर ये, हिंदुस्तानी पचेंगे नहीं हमको ।

आफरीदी खान : एक काम करते हैं , उनकी समाधि इधर ही बना देते हैं ।

अबु शेयफ : नहीं नहीं हम अपनी मिट्टी खराब नहीं करेंगे ।

हाफिज रहमान : तुम लोगों को इनका ठिकाना लगाने की जरूरत नहीं है । मैंने इन सभी का ठिकाना लगा दिया है जिस प्लेन से हम इनको लेकर आए हैं उसी प्लेन में बम फिट कर हम उसी जगह पर प्लेन भेज देंगे । वैसे अपना काम भी हो जाएगा और अपने आत्मा को शांति भी मिल जाएगी इनकी मृत्यु से । अभी 4:00 बज रहे हैं और हम इस प्लेन को 5 :00 बजे भेज देंगे इन लोगों को इस में बैठाकर टाइम बम फिट कर देना जैसे ही वह कच्छ के गांव में पहुंचेंगे तब टाइम बम विस्फोट कर देना समझे नालायको.।

अबु शेयफ : जी हुजूर ।।

आफरीदी खान : तब तक इन सभी को चाय नाश्ता करा दो, बिचारे आखिरी टाइम नाश्ता तो करके जाए ।

(बाकी सभी सैनिक प्रधानमंत्री से मिलने के लिए उनके घर पहुंचते करीब सुबह के 4 बजने वाले थे ।)

प्रधानमंत्री इंदिरा गांधी : कैसे आना हुआ कर्नल भार्गव जी । जय हिन्द ।

कर्नल भार्गव : जय हिन्द मेम । सर हम आपको बहुत ही खास सूचना देने आए हैं कुछ पाकिस्तानी आतंकवादी कच्छ में घुसकर कच्छ एयरवेज को तबाह कर डाला है और साथ ही संपूर्ण गांव के लोगों को बंदी बनाकर लेकर गए हैं ।तो अब हम क्या करें आप बताइए ।

इंदिरा गांधी : ये सब कब हुआ ।

मेजर ध्यानचंद : करीब दो बज रहे थे ।

इंदिरा गांधी : रडार से कुछ सिग्लन नहीं आया ।

लेफ्टिनेंट कर्नल विवेक कुमार : मेम मुझे लग रहा है कि उन्होंने पहले रडार को ही पहला निशाना बनाया ताकि आसानी से घुस सके ।

इंदिरा गांधी : उनके प्रधानमंत्री से आपने बात किया या नहीं । कि हमारे भारतीय नागरिकों को बंदी बनाकर लेके गए हैं । उन्हें आजाद करो ।

कर्नल भार्गव : मेम हमने उनसे बात किया । पर आप जानते ही हो ना कि उन्होंने कहा क्या हमारा वहीं काम है । किस ने किसको बंदी बनाया । चलो फोन रखो ।

इंदिरा गांधी : तो हमारे लोगों का क्या होगा । अगर हमने कल तक इंतजार किया तो वह हमारे आदमियों को खत्म कर देंगे । हमें स्ट्राइक करना होगा । क्या कह रहे हैं आप।

कर्नल भार्गव : मेम । दिस इज नॉट पॉसिबल। हम दिन में कैसे स्ट्राइक कर सकते हैं ।

इंदिरा गांधी : अगर हमने ज्यादा इंतजार किया । तो उनकी जान को खतरा हो सकता है इसीलिए यह मेरा अंतिम निर्णय है हम पाकिस्तान पर स्ट्राइक करेंगे। आप अंतिम राय दीजिए ।

मेजर गमित सिंह : मैम सर्जिकल स्ट्राइक इज नॉट पॉसिबल ।

इंदिरा गांधी : तो क्या करें ।

कर्नल भार्गव : मैम हम स्ट्राइक नहीं कर सकते हैं आप बात को समझने की कोशिश कीजिए और वो भी दिन में स्ट्राइक असंभव है ।

लेफ्टिनेंट कर्नल विवेक कुमार पांडे : मेम लेकिन वीर अर्जुन पाकिस्तान में प्रवेश कर चुके हैं।

इंदिरा गांधी : उनको अकेले किसने जाने दिया । क्या किसी ने उन्हें रोकने की कोशिश नहीं की ।

कर्नल भार्गव : मैं रोकने की कोशिश तो की पर वह मानने को तैयार ही नहीं था। मुझे उम्मीद है वह अपना जलवा पाकिस्तान को दिखा कर जरूर आएगा ।

इंदिरा गांधी : पहले एक आप काम करो । टेक्निकल टीम को फोन लगाओ और उन्हें कहो कि सभी रडार को एक्टिवेट कर दे ।

कर्नल भार्गव : जी मैम मैं अभी कह देता हूं ।

(कर्नल भार्गव टेक्निकल टीम को फोन लगाकर कह देते हैं कि सभी राडार को एक्टिवेट कर दो फिर से और उस पर कड़ी से कड़ी नजर रखना ।)

मेजर गमित सिंह : मेम दिन के समय स्ट्राइक असंभव है पाकिस्तानी सैनिक तैनात होंगे और हमारी जान को भी खतरा हो सकता है बचाने के चक्कर में कहीं हमारी जान ना चली जाए ।

इंदिरा गांधी : कुछ तो करना ही पड़ेगा अगर हम स्ट्राइक नहीं करेंगे तो हमारे देश के नागरिकों का क्या होगा। और आप एक सैनिक है सैनिक को डर नहीं होना चाहिए क्योंकि वह देश की रक्षा करते हैं और आप ऐसी बात करेंगे वह भी सैनिक होकर ।

मेजर ध्यानचंद : मैं स्ट्राइक के लिए तैयार है । भले मेरा जीवन हमारे देश को समर्पित हो जाए लेकिन मैं स्ट्राइक करने के लिए तैयार हूं।

इंदिरा गांधी : मैं घनश्याम जी से बात कर लेती हूं । आप सभी तैयार रहें अपने फाइटर जेट्स और सैनिकों के साथ । वैसे अभी 4:10 हो रहा है हम 5 : 55 पे पाकिस्तान पर स्ट्राइक करेंगे और अपने देश के नागरिकों को जीवित भारत लेकर आएंगे । (अचानक से कहा) मुझे लग रहा है दिन में स्ट्राइक हम नहीं कर सकते हैं .

मेजर ध्यानचंद : आप चिंता मत करिए ,सब कुछ ठीक तरह से हो जाएगा

कर्नल भार्गव : ठीक है मेम ।

इंदिरा गांधी : आप सभी जाईए और अपनी तैयारी कीजिए करीब 5 : 30 को आप यहां से निकल जाइएगा ।

कर्नल भार्गव : ठीक है । हम जा रहे तैयारी या करने । जय हिन्द ।

इंदिरा गांधी : जय हिन्द ।

(वहां से सभी लोग चले जाते हैं और प्रधानमंत्री जी मुख्यमंत्री घनश्याम ओझा को अपने घर बुलाती है ।)

(जैसे ही 5 बजते हैं पाकिस्तानी उन सभी 70 भारतीय नागरिकों को प्लेन में बैठाकर और उसमें टाइम बम फिट कर देते हैं , प्लेन जैसे कच्छ के गांव में प्रवेश करता है । पाकिस्तानी उस प्लेन को ब्लास्ट कर देते हैं। बॉर्डर से संदेश पहुंच जाता है कर्नल भार्गव के पास ।)

सैनिक : सर पाकिस्तानी यो ने प्लेन को ब्लास्ट कर दिया है और उस प्लेन में हमारे सभी भारतीय नागरिक थे । पुरा लाश का ढेर लग गया है सर ।

कर्नल भार्गव : क्या बोल रहे हो तुम ?

सैनिक : हां सर और भी सैनिक घायल हुए हैं.। मुझे भी हल्का चोट लगा है । सर आप जल्दी से टीम को लेकर पहुंचीए ।

(कर्नल भार्गव यह सभी बात प्रधानमंत्री को फोन कर बताते हैं.।)

कर्नल भार्गव : मेम पाकिस्तानियों ने हमारे 70 नागरिकों को प्लेन में बैठाकर बम ब्लास्ट कर दिया । मेम अब हम कुछ नहीं कर सकते ।

इंदिरा गांधी : ठीक है ,जल्दी पहले आप उस जगह पर जाइए ।

कर्नल भार्गव : ठीक है मैम

लेफ्टिनेंट कर्नल विवेक कुमार पांडे : सर चलिए जल्दी, अब तो इन पाकिस्तानियों ने हद ही पार कर दी है । कहते हैं ना लातों के भूत बातों से नहीं मानते ।

(कर्नल भार्गव अपनी सभी टीम को लेकर कच्छ के बॉर्डर पर पहुंचते हैं । उन पाकिस्तानियों ने बोडर को पूरा श्मशान बना दिया था । (रोशन) वह बच्चा जो

अपने मां का इंतजार कर रहा था अपने पिताजी का इंतजार कर रहा था कि उसके पिताजी आएंगे और उसे ढेर सारी मिठाईयां उसे देंगे और अब उसके पिताजी नहीं रहे अगर उसको यह बात पता चलेगा तो उस बच्चे का क्या होगा.। वैसे कितनों के परिवार मारे गए उन लोगों का क्या होगा ।

जिन्होंने अपनी मेहनत की कमाई से मिट्टी का घर बनाया और एक वक्त की रोटी कमाई .। कितनों का रह गया अधूरा सपना कि वह बड़े होकर अभिनेता , पुलिस , आर्मी , टीचर बने उनकी मासूम सी जिंदगी कुछ ही मिनटों में तबाह हो गई आखिर कौन करेगा उनका सपना पूरा ? कौन संभालेगा उनके परिवार के व्यक्तियों को ? कौन महसूस करेगा इस दर्द को? कौन जवाब देगा ?।)

लेफ्टिनेंट कर्नल विवेक कुमार पांडे : कितने बेरहमी से मारा है इन पाकिस्तानियों ने .। कितने वह तड़पे होंगे जब यह बम ब्लास्ट हुआ होगा ।

कर्नल भार्गव : यह दर्द हम समझ सकते हैं हमारे देश समझ सकता है पर वह पाकिस्तानी कुते नहीं समझ सकते .।

लेफ्टिनेंट कर्नल विवेक कुमार : सर तो सर्जिकल स्ट्राइक हम भी करेंगे आज और इसी वक्त ।

कर्नल भार्गव : दिन में सर्जिकल स्ट्राइक असंभव है ।

लेफ्टिनेंट कर्नल विवेक कुमार पांडे : सब कुछ संभव है ,हां बस डर मृत्यु का है ना आपको कि वह हमें खत्म कर देंगे , मुझे डर नहीं है । एक ना एक दिन सबको मरना ही है कोई भी अमर होने वाला नहीं है.।

कर्नल भार्गव : मुझे अपने सैनिकों का चिंता हो रहा है ।

लेफ्टिनेंट कर्नल विवेक कुमार पांडे : सर लेकिन इन 70 भारतीयों का क्या । सर हम सैनिक है देश की रक्षा करना हमारा फर्ज है और हम मरते भी शान से हैं और जीते भी शान से तो फिर डर किस बात का.।

कर्नल भार्गव : ठीक है , हम दिन में ही सर्जिकल स्ट्राइक करेंगे। आतंकवादियों का संगठन के पुरे सदस्यों को हाईजैक कर हम भी लेकर आएंगे भारत में।

लेफ्टिनेंट कर्नल विवेक कुमार पांडे : सर लेकिन हम प्रधानमंत्री मुख्यमंत्री से बात कर अपना समय नहीं गंवाना चाहते हैं । उनको सर्जिकल स्ट्राइक करने नहीं जाना है हमें जाना है । तो हम अपनी मर्जी से ही जाएंगे । 5:00 तो बज चुके हैं हम 6:00 बजे ही पाकिस्तान में प्रवेश करेंगे । चाहे कुछ भी हो जाए ।

कर्नल भार्गव : बिल्कुल ।

मेजर गमित सिंह : मैं तैयार हूं सर ।

मेजर ध्यानचंद : में भी तैयार हूं ।

सचिन वर्मा : मैं थोड़ी पीछे हटने वाला हूं, मैं भी तैयार हूं ।

कर्नल भार्गव : सभी सैनिकों को कह देना हम अंबाला से लखपत तक जाएंगे उसके बाद सिद्धा पाकिस्तान के करांची में प्रवेश करेंगे ।

लेफ्टिनेंट कर्नल विवेक कुमार पांडे : सर ज्यादा आतंक वादी हमें सीबि और कोहलु में मिलेंगे वहीं पर इनका संगठन है ।

कर्नल भार्गव : टोटल 35 सैनिक जा रहे हैं इसमें जंग के लिए और इस मिशन का नाम है "द मिशन कच्छ". साथ में हम दो फाइटर जेट और एक लड़ाकू विमान लेकर जाएंगे ।

मेजर गमित सिंह : सर वो डायरेक्ट फिर फाइटर जेट को ही निशाना बनाएंगे फिर हमारे सैनिक को खतरा हो सकता है ।

लेफ्टिनेंट कर्नल विवेक कुमार पांडे : सर अगर हम फाइटर जेट में रोबोट पायलट रखते दे तो कैसा रहेगा ।

कर्नल भार्गव : वैसे आईडिया तो ठीक है लेकिन हम रोबोट लाएंगे कहां से ।

लेफ्टिनेंट कर्नल विवेक कुमार पांडे : सर हम डीआरडीओ से रोबोट लेंगे ।

कर्नल भार्गव : हम एक रोबोट के साथ एक अपना सैनिक भी रहेगा अगर उसे लगा कि प्लेनर ब्लास्ट होने वाला है तो वो नीचे कुद जाएगा .। विवेक तुम डीआरडीओ से जल्दी बात कर 5 रोबोट मंगवा लो हमारे पास समय कम है 5 बचकर 15 मिनट हो गए हैं सिर्फ 45 मिनट है ।

लेफ्टिनेंट कर्नल विवेक कुमार पांडे : ठीक है सर मैं डीआरडीओ को फोन कर के कह देता हूं ।

(तभी वह बच्चा रोशन उधर जा पहुंचा)

रोशन : मैं जानता हूं आप सभी मुझसे कुछ छुपा रहे हैं। मुझे सच बताइए ।

कर्नल भार्गव : कुछ नहीं छुपा रहे तुमसे ।

रोशन : तू कहां है मेरे माता-पिता ।

मेजर गमित सिंह : सर मुझे लगता है हमें इसे सच बता देना चाहिए यह बच्चा नहीं है यह बड़ा हो गया है ।

कर्नल भार्गव : तो सुनो उस रात करीब 2:00 बजे पाकिस्तानी यो ने सभी गांव वालों को हाईजैक कर लिया और पाकिस्तान लेकर गए और वापस उसी प्लेन में सभी को बैठाकर उसी प्लेन में बम फिट कर ब्लास्ट कर दिया । उसी का बदला लेने हम जा रहे हैं ।

(रोशन खुब जोर जोर से रोने लगा पिताजी पिताजी कहकर । मैं नहीं छोडुंगा उन लोगों को । जिन्होंने मेरी खुशी छीनी है उसकी जिंदगी में छीन लूंगा । रोशन

कर्नल भार्गव से कहता है)

रोशन : आप लोगों ने मुझे बताया क्यों नहीं । मैं भी चलूंगा बदला लेने ।

कर्नल भार्गव : नहीं नहीं तुम नहीं जा सकते हो मैं तुम्हारा दर्द समझ सकता हूं लेकिन बदला हम लेकर आएंगे, तुम अभी छोटे हो ।

रोशन : नहीं मैं भी साथ चलूंगा वरना किसी को भी इधर से जाने नहीं दूंगा ।

मेजर गमित सिंह : तुम्हें बंदुक चलाना आता है । या नहीं

रोशन : नहीं ।

मेजर गमित सिंह : फिर हम तुम्हें कैसे लेकर जाएं और अगर हम तुम्हें ले गए तो हम अपने प्रधानमंत्री को क्या जवाब देंगे अगर तुम्हें कुछ हो गया तो ।

रोशन : मैं कुछ नहीं जानता हूं मुझे जाना है तो जाना है। मुझे उन सभी शहीदों का बदला लेना है , भले मैं मर जाऊंगा लेकिन मैं बदला लेने जरूर जाऊंगा ।

सचिन वर्मा : बेटा बात को समझने की कोशिश करो तुम नहीं जा सकते हो । अगर हम तुम्हें लेकर गए तो कल जनता हमसे सवाल पूछेगी आपके पास सैनिक मौजूद नहीं थे कि आप बच्चे को लेकर जा रहे हैं जंग लड़ने के लिए ।

रोशन : सर कुछ नहीं होगा मैं आपको वचन देता हूं । (रोते हुए कहता है) आज मां मेरे लिए खीर बनाने वाली थी और अपने हाथों से खिलाने वाली थी । लेकिन मेरा नसीब ही खराब है. अब मैं किसको मां बुलाऊंगा।

कर्नल भार्गव : तुम तैयार हो जाने के लिए , तुम एक बात बताओ तुम्हें मरने से डर लगता है ।

रोशन : मुझे मरने से डर नहीं लगता । सर लेकिन मैं आपके आगे हाथ जोड़ता हूं मैं भी जाऊंगा बदला लेने के लिए ।

मेजर गमित सिंह : सर यह इतना जींद कर रहा है तो इसे ले लेते हैं ।

मेजर ध्यानचंद : कोई बच्चों का खेल नहीं है । जंग लड़ने जा रहे हैं क्रिकेट खेलने नहीं ।

रोशन : सर मुझे जाना है । मैं खेल खेलने नहीं आया जंग लड़ने के लिए आया हूं । अगर मैं नहीं जाऊंगा तो आप लोग को भी जाने नहीं दूंगा.।

कर्नल भार्गव : ठीक है चलो हमारे साथ । (सभी से कहते हैं) अगर हम पाकिस्तानी वर्दी पहन के जाए तो कोई भी खतरा नहीं होगा । क्या कह रहे हो ।

सचिन वर्मा : नहीं सर हम सभ अपनी वर्दी में ही जाएंगे । जो लिखा है वो तो होना ही है ।

कर्नल भार्गव : ठीक है हम अपनी ही वर्दी पहनेंगे ।

लेफ्टिनेंट कर्नल विवेक कुमार पांडे : सर मैंने डीआरडीओ को फोन करके कह दिया है उन्होंने कहा हम 15 से 20 मिनट के अंदर रोबोट भेज देंगे ।

कर्नल भार्गव : ठीक है । ये बात प्रधानमंत्री या मुख्यमंत्री के कानो कान खबर नहीं पहुंच ना चाहिए । हम अपना बदला लेकर आएंगे । हमें उन आंतकवादीयो को हाईजैक करना है फिर भारत में लेकर आएंगे फिर वापस से पाकिस्तान प्लेन में बोम फिट कर भेज देंगे ।

मेजर गमित सिंह : सेटेलाइट की मदद से हम लाइव प्रसारण टीवी पर कर देंगे ताकि सब देख सके हम से टकराना कितना मुश्किल होता है ।

(करीब सुबह 6 बजने में पांच मिनट बाकी था । सभी सैनिक निकल पड़े अपने मिशन कच्छ के लिए । प्लेन के मुताबिक सभी सैनिक सीबी और कोहलु पहुंच कर फायरिंग शुरू की करीब 10 से 15 आतंकवादियों को मार गिराया । वो जंग लड़ने तो चले गए थे पर उन्हें ये नहीं पता चला कि पाकिस्तानीयो ने हर जगह केमरा और रडार लगाया था । रडार से सीगनल तेजी से आ रहा था साथ में आवाज भी ।)

मेजर गमित सिंह कर्नल भार्गव से कहते हैं

मेजर गमित सिंह : सर अब हम क्या करें उनको सिंगनल मिल गया कोई पाकिस्तान में घुसने की कोशिश कर रहा है ।

कर्नल भार्गव : मिलने दो सिंगनल उनके सामने से लेकर जाएंगे । पाकिस्तान में तबाही मचेगा ।

(उधर पाकिस्तान का प्रधानमंत्री खुशी मना रहा था । आज मैं बहुत खुश हूं आज सभी मंत्रियों को मैं मेरे घर पर दावत के लिए आमंत्रित करता हूं । सुबह 11 बजे मेरे घर आ जाना जश्न मनाएंगे।)

(उस जगह पर पहुंच कर करीब 100 से ज्यादा आतंक वादी यो को बंदी बनाकर प्लेन में बैठा देते हैं और सभी सैनिक भारत र वाना होने लगे । कोहलू और सीबी मानो कि श्मशान बन गया था । कर्नल भार्गव पायलट से कहते हैं तुम भी उतर जाओ और रोबोट को रहने दो वह लेकर जाएगा भारत। अगर मान लो पाकिस्तान का रडार एक्टिव है वह फायरिंग जरूर करेंगे तो मैं सभी पायलट से कह रहा हूं हमारे साथ चलो हम स्थल के रास्ते जाएंगे और उस फकीर बाबा को ले लो अगर पाकिस्तान कहे हमला नहीं हुआ है तो फ़कीर बाबा है हमारे साथ । मुझे पक्का यकीन है वह लोग फायरिंग करेंगे मिसाइल छोड़ेंगे वैसे काम अपना ही आसान होगा । जैसे ही फाइटर जेट र वाना होने कि कोशिश में थी आंतकवादीयो ने पांचो फाइटर जेट को तबाह कर दिया । उस में ही बैठे थे । उनके दोस्त ।)

(करीब 10:00 बज रहे थे सभी सैनिक कच्छ पहुंच कर विजय गाथा मना रहे थे । कर्नल भार्गव रोशन से कहते हैं)

कर्नल भार्गव : तुम एक सही में बहादुर बच्चे हो । बल्कि तुमने अपने देश कि रक्षा भी कि और बदला भी लिया । मैं प्रधानमंत्री से जरूर कहुंगा ऐसे बंदे हमें चाहिए देश के लिए ।

लेफ्टिनेंट कर्नल विवेक कुमार पांडे : सही में सर लडका बहादुर है ।

(इधर भारत में मीडिया पर अखबार में सभी जगह एक ही बात चल रहा था आखिर कच्छ में प्लेन कैसे ब्लास्ट हुआ और बहुत से लोगों की कैसे जान चली गई इसका गुनहेगार कौन है ? क्या भारतीय सैनिक तब क्या कर रही थी । प्रधानमंत्री कर्नल भार्गव को फ़ोन लगातीं है और कहती आप कहां हैं उधर पाकिस्तानियों ने हमारे देश के नागरिक को मारा और आप लोग चुपचाप बैठे हैं सर्जिकल स्ट्राइक का क्या हुआ आप लोग 6:00 बजे सर्जिकल स्ट्राइक करने वाले थे ना । तुरंत आप सभी सेना को लेकर मेरे घर पहुंचीए)

कर्नल भार्गव : मेम हमने अपना बदला पुरा किया और साथ में एक आतंकवादी को जिंदा पकड कर लाए हैं । उसे हम लाइव प्रसारण के दौरान मारेंगे ।

प्रधानमंत्री : मुझे बताया भी नहीं और आप लोग जंग लडकर भी आ गए ।

मेजर गमित सिंह : हमने इस मिशन में इस बच्चे को भी शामिल किया था । बहुत बहादुर है इसके माता ओर पिता भी मारे गए इस हाईजैक में । मैं आपसे अनुरोध करता हूं कि इसे हमारे बटालियन में शामिल कर दे ।

इंदिरा गांधी : मुझे यह सुन के बहुत दुखी हो रहा है की इस बच्चे के माता पिता मारे गए । मैं आदेश देती हूं कि इस बच्चे को कर्नल बनाया जाएगा । आप सभी को मिशन सक्सेसफुल हुआ उसके लिए आप सभी को बधाइयां । यह मीटिंग खत्म होता है इस बच्चे को कल सम्मानित किया जाएगा और सभी सैनिक को जो इस मिशन में शामिल थे । लेकिन आप इस बच्चे को क्यों लेकर गए.।

कर्नल भार्गव : मेम ये बच्चा जिद्द कर रहा था ।

इंदिरा गांधी : अगर इसको कुछ हो जाता तो आप क्या करते ।

कर्नल भार्गव : मेम ये बहुत ही जोश में था, इसका जोश देख मे इसे मना नहीं कर पाया ।

इंदिरा गांधी : ये तुम्हारे पीछे कौन है ।

कर्नल भार्गव : ये आंतकवादी इस मिशन में सामिल था ।।

मेजर गमित सिंह : ये आंतकवादी फकिर बाबा का क्या करना है ।

लेफ्टिनेंट कर्नल विवेक कुमार पांडे : बाहर मिडिया वाले हैं तो लाइव प्रसारण टीवी पर चल ही रहा होगा । और वैसे सभी को जवाब भी मिल जाएगा । कि हमने भी कुछ कसर नहीं छोडा है । बाहर इसका एनकाउंटर कर देंगे । पहले इसकी खातिर दारी तो करने दो । फकीर बाबा चाय पानी कुछ गरम या ठंडा लोगे .।

फकीर बाबा (आंतकवादी) :(हंसते हुए) तुम्हें मुझे मार कर भी क्या करोगे । हमारा गैंग बहुत बड़ा है । समझे जनाब । मार दो मुझे .।

लेफ्टिनेंट कर्नल विवेक कुमार पांडे : तेरा तो मरना तय है , मेरे हाथों से ।(विवेक ने फकिर का बाल पकड़ा और कहा)

कहा है और तेरे लोग बता ।

आंतकवादी : क्यों बताऊं , तु मेरा बाप है ।।

लेफ्टिनेंट कर्नल विवेक कुमार पांडे : नहीं रे तेरा बाप नहीं सब का बाप हूं मैं. चल अब जल्दी बता ।

इंदिरा गांधी : अगर ये नहीं बताये तो गरम तेल में इसे डाल देना ।

आंतकवादी : बताता हूं । हम लोग ने दो प्लान किया है आज का वो तो सुबह में हो गया और कल का प्लानिंग नारायण सरोवर से होकर हम भुज ऐयर बेस को तबाह करेंगे ।

इंदिरा गांधी : तुम्हें क्या लगता है तुम इस बार एयरबेस को तबाह कर दोगे । (गुस्से से कहती है) भुज एयरबेस पर कड़ी से कड़ी निगरानी रखो ।

लेफ्टिनेंट कर्नल विवेक कुमार पांडे : कल कितने बजे एयरवेज को तबाह करने वाले हैं ।

आंतकवादी : आज जैसे हमने 2:00 बजे अपना काम किया वैसे ही कल सुबह 2:00 बजे हम अपना मिशन कंप्लीट करेंगे .।

मेजर गमित सिंह : सर मुझे लगता है कि हमें एक और स्ट्राइक करना चाहिए और इस बार जिंदा जला कर रख देंगे , मुर्दों का घर बनाकर आएंगे ।

इंदिरा गांधी : मैं उस वक्त भले ही हिचकिचाह रही थी लेकिन अब मैं सामने से अनुमति देती हूं जाइए सर्जिकल स्ट्राइक करके आइए ।

मेजर ध्यानचंद : मैम आपको लगता है इस पर हमें भरोसा करना चाहिए ।

(कर्नल भार्गव आंतकवादी से पुछते है)

कर्नल भार्गव : तुम सच तो बोल रहे हो ना ।

आतंकवादी : में सच बोल रहा हूं और हमारे प्रधानमंत्री भी शामिल है इसमें मिशन में .। उन्होंने कहा था तुम आज भारत में सर्जिकल स्ट्राइक करके आओ आज सुबह 11:00 बजे में सभी को अपने घर दावत पर बुलाउंगा जश्न मानाएगें .।

लेफ्टिनेंट कर्नल विवेक कुमार पांडे : मैम हम सर्जिकल स्ट्राइक नहीं करेंगे .।

इंदिरा गांधी : तो फिर क्या करना है ।

लेफ्टिनेंट कर्नल विवेक कुमार पांडे : मैम हम सभी जगह पर टाइम बम फिट कर देंगे जैसे वह उस पर पैर रखेंगे । उनका खेल ही खत्म हमें कुछ करना भी नहीं है और हां हम उस जगह पर ड्रोन भेज देंगे ताकि हम पाकिस्तान को दिखा सके लाइव टेलीकास्ट .।

इंदिरा गांधी : वैसे ये आईडिया भी ठीक है.। वैसे अभ इस पाकिस्तानी का क्या करना है .।

लेफ्टिनेंट कर्नल विवेक कुमार पांडे : नहीं मैम कोई दुसरा आइडिया सोचा है मैंने , मेरा पहला वाला आईडिया में दम नहीं है .।

इंदिरा गांधी : कुछ ऐसा आईडिया सोचो जो किसी ने ना सोचा हो , कुछ अलग और कुछ अनोखा.

लेफ्टिनेंट कर्नल विवेक कुमार पांडे : मैम मैंने बहुत ही विचार किया और सोचा है ?

इंदिरा गांधी : क्या सोचा है आपने ?

लेफ्टिनेंट कर्नल विवेक कुमार पांडे : मैम हम हमेशा से अगर दुश्मन हम पर हमला करता है तो उन से बदला तो ले ही लेते हैं . मैंने सोच लिया है अब हम बदला नहीं लेंगे .

इंदिरा गांधी : तो फिर कल का इंतजार करेंगे . हमारे देश का क्या होगा

लेफ्टिनेंट कर्नल विवेक कुमार पांडे : कुछ नहीं होगा अपने देश के नागरिकों को . हम सीधा पाकिस्तान के प्रधानमंत्री को हाई जैक कर ले तो ।

इंदिरा गांधी : आप को पता भी है , आप क्या बोल रहे हैं. पाकिस्तानी प्रधानमंत्री को हाई जैक कैसे करोगे आप . उस के आस पास बहुत सारे सिक्योरिटी होंगे . उसको छुना तो दूर उसे हाथ भी नहीं लगा सकते हो आप सभी . नहीं ये आईडिया मुझे ठीक नहीं लग रहा है , अपना निर्णय बदले .

लेफ्टिनेंट कर्नल विवेक कुमार पांडे : मैम हम आराम से पाकिस्तान के प्रधानमंत्री को हाई जैक कर सकते हैं .

इंदिरा गांधी : ठीक है । मैंने मान लिया कि आपने हाई जैक कर भी लिया तो फिर आप आओगे कैसा । किसने आप से कुछ सबुत मांग लिया कि भाई आप कहां रहते हो ? कहा घर है तुम्हारा ? वो बात छोड़ो आप सभी पाकिस्तान प्रवेश कैसे करोगे ? क्या पाकिस्तान आपका वीजा एप्रूवल करेगा .

लेफ्टिनेंट कर्नल विवेक कुमार पांडे : हां मैम एप्रूवल हो जाएगा . हम फर्जी नेशनल आईडेंटिटी कार्ड बनवा लेंगे जिससे हम पकड़े भी नहीं जाएंगे । और पाकिस्तान के प्रधानमंत्री जुल्फिकार अली भुट्टो को भारत में लाकार उनका एनकाउंटर कर देंगे और मीडिया वालों से कह देंगे कि पाकिस्तानी प्रधानमंत्री बोर्डर पार कर भारत में हमला कर वाने कि साजिश में उनका एनकाउंटर कर दिया .।

इंदिरा गांधी : इतना रिक्स वाला काम नहीं करने दे सकती में आप सभी को . कोई दूसरा आईडिया सोचिए .

लेफ्टिनेंट कर्नल विवेक कुमार पांडे : अच्छा मुझे एक बात बताइए मैम उस पाकिस्तानी प्रधानमंत्री ने हमला कर वाया उसका कुछ नहीं ? अपने 70 से ज्यादा देश के नागरिक शहीद हुए उसका कुछ नहीं . फिर भी आप कह रहे हैं कि आईडिया बदल दिजीए . मैम अगर पेड़ कि डालियां काटेंगे तो फिर से डालियां तो आएगा ही अगर जड़ से उखाड़ कर फेंक दे तो फिर पेड़ फिर से नहीं उगेंगे . इसलिए बोल रहा हूं असली जड़ को खत्म कर देते हैं .

इंदिरा गांधी : कहना तो आसान ही है . मगर पाकिस्तान में प्रवेश करना खतरनाक साबित हो सकता है . अगर आप से किसी को कुछ हो गया तो मैं क्या जवाब दुंगी आपके घर वालों को.

मेजर गमित सिंह : मेरे ख्याल से हमें जड़ को उखाड़ कर फेंक देना चाहिए । और हमें कुछ भी नहीं होगा प्रधानमंत्री जी आप चिंता न करें .

लेफ्टिनेंट कर्नल विवेक कुमार पांडे : हम इस मिशन को अंजाम देंगे आज दोपहर 2 बजे के पहले . पहले हम फर्जी नेशनल आईडेंटिटी कार्ड बनवा लेंगे और वीजा लेकर पाकिस्तान जाएंगे और फिर पाकिस्तान के प्रधानमंत्री से मिलकर उस को कहेंगे ,आप से कुछ जरूरी बात करना है पाकिस्तान के सीबी और कोहलु पर हमला किसने कर वाया है , हमें पता है . आप से अकेले में बात करना चाहते हैं .।

इंदिरा गांधी : ठीक है लेकिन मैं पहले सभी से उनका राय जानना चाहती हुं । क्या सभी तैयार है .।

(सभी ने कहा हां तैयार है)

इंदिरा गांधी : लेकिन इस मिशन को अंजाम देने के लिए सिर्फ चार लोग जायेंगे . एक बात तो है विवेक जी ने सही कहा अगर हम जड़ को काटकर फेंक दे तो फिर कोई भी चिंता ही नहीं है और हां एक और बात का ध्यान रखें वहां के कोई भी व्यक्ति को नुकसान नहीं पहुंचाना . जिसने ये हमला कर वाया उसे ही खत्म करेंगे . करनी कोई ओर करे और सज़ा मिले बिचारे दुसरो को .

लेफ्टिनेंट कर्नल विवेक कुमार पांडे : ठीक है मैम ।

इंदिरा गांधी : कौन कौन जाएगा ?

(तभी कर्नल भार्गव का फोन बजता है और वो फ़ोन लेकर बाहर आते हैं . उन्होंने देखा कि वीर अर्जुन का फोन आया है उन्होंने फ़ोन उठाया .)

वीर अर्जुन : जय हिन्द सर ।

कर्नल भार्गव : जय हिन्द । कहा पहुंच तुम ।

वीर अर्जुन : बस में अब थोड़े समय बाद सरहद पार करूंगा ।

कर्नल भार्गव : वहीं पर रूक जाओ ।

वीर अर्जुन : क्यों सर क्या हुआ .

कर्नल भार्गव : हम भी आ रहे हैं । बहुत बड़ा मिशन है पाकिस्तान के प्रधानमंत्री को हाई जैक करना है . मुझे अपना लोकेशन भेजो में उधर प्राइवेट फाइटर जेट भेजता हूं । उस में बैठकर वापस आ जाना .

वीर अर्जुन : ठीक है सर जय हिन्द .।

(कर्नल भार्गव फोन रख कर , पायलट को लोकेशन शेयर करके उसे फोन कर कहते हैं वीर अर्जुन को लेकर आना है इतना कहकर फोन रख कर वो अंदर जाते हैं)

लेफ्टिनेंट कर्नल विवेक कुमार पांडे : में और गमित, ध्यान चंद , भार्गव सर बस और कोई नहीं और वीर अर्जुन पहले से ही पाकिस्तान में प्रवेश कर चुके हैं .।

इंदिरा गांधी : उनका कुछ मेसेज आया या नहीं ?

कर्नल भार्गव : जी मैम । मैंने उसे अभी फ़ोन करके कह दिया है कि जहां हो वहां रूक जाए । मैं फाइटर जेट भेज दिया है उन्हें लेकर आ जाएगा ।

इंदिरा गांधी : एक काम तो आपने भी बहुत अच्छा किया उन्हें रोककर । ठीक है तो इस मिशन का नाम रहेगा 1972 । "मिशन 1972"। और जब आप उस पाकिस्तान के प्रधानमंत्री को लेकर आओगे तब ध्यान रखना उसे कुछ होना नहीं चाहिए मुझे वह जिंदा चाहिए उसे मैं ही खत्म करूंगी । पहले उसके साथ बैठकर चाय पिऊंगी । और हम मीडिया के सामने ऐसा कुछ भी नहीं कहेंगे कि उसका एनकाउंटर हुआ या मर्डर हुआ । हम मीडिया वालों के सामने स्वयं कहेंगे उसको मैंने मारा है ।

कर्नल भार्गव : ठीक है मैम ।

इंदिरा गांधी : आप सभी अब जाइए और तैयारियां कीजिए 11:00 बजने वाला है । और इस आतंकवादी का क्या करना है .

लेफ्टिनेंट कर्नल विवेक कुमार पांडे : इसकी खातिर दारी बाहर मिडिया के सामने करेंगे .।

(प्रधानमंत्री के घर के बाहर मिडिया वालो कि लाइन लगी थी यह जानने के लिए आखिर कच्छ में कैसे 70 से ज्यादा लोग मारे गए , आखिर किसने ये हमला करवाया .।)

(मीडिया वालों के सामने विवेक ने उस आतंक वादी का एनकाउंटर कर दिया और मीडिया वालों से कहा हमने अपना बदला ले लिया है उन्होंने हमारे 70 भारतीय नागरिक को मारा हमने 100 से ज्यादा पाकिस्तानी यो को ढेर कर दिया । जय हिन्द जय भारत ।)

(तभी मीडिया वालों ने इंदिरा गांधी से पुछा प्रधानमंत्री जी आप इस पर क्या राय देना चाहतीं हैं, इंदिरा गांधी ने कहा .।)

प्रधानमंत्री इंदिरा गांधी : बस इतना ही कहुंगी पाकिस्तानी प्रधानमंत्री ज़ुल्फ़िकार अली भुट्टो से . आज अच्छे से मेहमानों को दावत खिलाना और कम पड़े तो खाना मे भेज दुंगी टिफिन से पार्सल सिधा पाकिस्तान.। अब मिशन सक्सेसफुल होगा . "मिशन कच्छ 1972".

(11:00 बजने वाले थे पाकिस्तानी प्रधानमंत्री के घर सभी मेहमान आ गए थे.)

अस्लम खान : लेकिन आपने दावत किस खुशी में रखी है आज नहीं तो आपका जन्मदिन है नहीं मेरा जन्मदिन है ,और आज कोई त्यौहार भी नहीं फिर ये दावत किस बात के लिए .

पाकिस्तानी प्रधानमंत्री : नहीं यह दावत मेरा जन्मदिन के लिए नहीं तुम्हारे जन्मदिन के लिए यह दावत हमने भारत के लिए रखा है.

अस्लम खान : भारत के लोगों का, तो इस दावत में भारत के लोग भी आ रहे हैं क्या.

पाकिस्तानी प्रधानमंत्री : मैंने अपने आदमियों को कहकर भारत पर हमला करवाया करीब 70 से ज्यादा लोगों को पहले हमने हाईजैक किया फिर उन्हें उसी प्लेन में बैठा कर बम फिट कर प्लेन ब्लास्ट कर दिया. बस इसी खुशी में, मैंने सभी को अपने घर दावत पर बुलाया है और कोई खास वजह नहीं है न्यूज़ देखा करिए जनाब.।

अस्लम खान : वैसे हम न्यूज़ तो अक्सर देखा करते हैं वैसे आपके पास इतना दिमाग कहां से आया जनाब.।

पाकिस्तानी प्रधानमंत्री : जनाब हमने पाकिस्तान के बादाम खाएं और यहां हर पाकिस्तानियों का दिमाग मेरे जैसा ही चलता है, इसीलिए मैं प्रधानमंत्री हूं और तुम मुख्यमंत्री समझे .।

आमिर शेयद : अच्छा क्या क्या मंगवाया है आपने खाना में

पाकिस्तानी प्रधानमंत्री : मटन कोरमा ,शाही नवाब, टीका नवाब, काबुली चना, शाही बिरियानी खाने के तो आइटम तो बहुत सारे ,आपको जितना मन करें उतना खाएं और कम पड़े तो घर भी लेकर जाए सबको खिलाये इस खुशी के मौके पर .।

आमिर शेयद : जरूर , खुशी का मुकाम थोड़ी छोड़ सकते हैं . और बताइए इस बार तो मुझे चुनाव का टिकट तो मिल जाएगा ना .।

पाकिस्तानी प्रधानमंत्री : क्यों नहीं, मिल जाएगा टिकट इस बार.

आमिर शेयद : हर बार का यही है कहते हो लेकिन करते नहीं लेकिन इस बार पक्का मुझे टिकट दिलवा देना चुनाव का .।

पाकिस्तानी प्रधानमंत्री : इस बार पक्का तुम्हें में टिकट दिलवा लूंगा चुनाव का.।

(पाकिस्तान में हंगामा जोरों शोरों से चल रहा था, मीडिया में अखबार में बस यही खबर छपा था कि आखिर कोहलू और सीबी पर किसने हमला किया , और इधर पाकिस्तान के प्रधानमंत्री आराम से अपने सभी मंत्रियों के साथ जश्न मना रहे थे .)

पाकिस्तानी प्रधानमंत्री : (सभी से कहते हैं) सभी लोग पेट भर कर खाइए गा कुछ जल्दी नहीं है हमें, आराम से खाइए गा खाना कम नहीं पड़ेगा .

(सभी भोजन कर के सोफा पर बैठ कर आराम करते करते आपस में बात चीत कर रहे थे . तभी मुख्यमंत्री का बेटा जीद करने लगा अब्बा टीवी चालू करवाओ ना मुझे कार्टून देखना है , नहीं बेटा हम सभी बात कर रहे हैं और तु टीवी चालू करेगा तो शोर होगा चल घर पर देख लेना , तभी पाकिस्तानी प्रधानमंत्री ने कहा अरे कोई बात नहीं जनाब चालू कर वा देता हूं बच्चा ही तो है .। टीवी चालू कर वा के उस बच्चे के हाथ में रिमोट दे दिया और बच्चा आराम से कार्टुन देखने लगा .

(थोड़ी देर बाद उसने चैनल चैंज किया और न्युज चैनल लगा दिया , टीवी में न्युज आ रहा था कि , दावा किया जा रहा है कि अपने प्रधानमंत्री ने ये हमला कर वाया है. आखिर किसने कोहलू और सीबी पर हमला किया ? कहां गये यहां के लोग ? आखिर प्रधानमंत्री एक्सन क्यों नहीं ले रहे हैं ? क्या प्रधानमंत्री इस हमले से ख़ुश हैं ? यहां आस पास के लोगों का दावा है कि लगभग 1000+ से ज्यादा लोग रहते थे कहा गये वो लोग . उस रिपोर्ट को पता नहीं था कि वो कहां पर जाके रिपोर्टिंग कर रही थी . रिपोर्टिंग के बाद कुछ आंतकवादीयो ने उस रिपोर्ट और साथ में गए सभी टीम के मेमर को वहीं खत्म कर दिया .। ये सभ कुछ देखकर सभी मंत्रियों और प्रधानमंत्री कि आंखे फटे कि फटे रह गई । पाकिस्तान में हर तरफ़ ज़ुल्फ़िकार

अली भुट्टो मुर्दा बाद मुर्दा बाद के नारे लग रहे थे .)

अस्लम खान : है अल्लाह अरे ये कैसे हो गया . तुमने हमें इस खुशी में दावत दिया था ।

आमिर शेयद : अलि भुट्ट जी लेकिन आप तो बोल रहे थे हमने 70 से ज्यादा भारतीयों को मारा है और इधर पासा तो उल्टा ही पड़ गया । सौ के बदले हजार । अब हम कल कैसे उन पर हमला कर सकते हैं हमारे सारे आदमी तो खत्म हो गए ।

पाकिस्तानी प्रधानमंत्री : हां बोला तो था । लेकिन ये सब कुछ हुआ कैसे ।

अस्लम खान : हुआ कैसे क्या । आपने भारत पर हमला कर वाया और भारत ने हमारे पाकिस्तान पर हमला कर वाया हिसाब तो बराबर हुआ जनाब । बोला था कि ऐसा काम मत करीए ।

पाकिस्तानी प्रधानमंत्री : ऐ मंत्री तुम सिर्फ अपनी कुर्सी संभालो । मेरी कुर्सी पर बैठने कि जरूरत नहीं है तुम्हें । आखिर ये हुआ कैसे .

आमिर शेयद : अब तो लोग आपका विरोध कर रहे हैं जनाब ।

पाकिस्तानी प्रधानमंत्री : आप सभी कृपया कर के मुझे अकेला छोड़ दे ।

(वैसे भी अली भुट्टो पर बहुत सारे पुलिस कैस है पर उसे कोई जेल में भी बंद नहीं कर सकता था क्योंकि वो पाकिस्तान का प्रधानमंत्री था । अस्लम खान ने सभी से कहा सभी चले मेरे घर पर अर्ज़ेनट मीटिंग है । अली भुट्टो कहता है । हां लेकर जाओ सभी को मुझे अकेला छोड़ दो ।सभी लोग अपने-अपने घर चले जाते हैं । ज़ुल्फ़िकार अली भुट्टो आराम से बैठकर सोचते हैं , मेरा निशाना कैसे चुंक गया ।)

अस्लम खान : अगर ये अली भुट्टो रहा तो । पाकिस्तान पक्का कब्रिस्तान बन कर ही रहेगा ।

आमिर शेयद : हम तो मामुलि सरकार है । उसका कुछ बिगाड़ भी नहीं सकते हैं हम । हे अल्लाह अगर तुम मुझे सुन रहे हो तो । मैं तुमसे आज कुछ मांग रहा हूं । तुम ने मेरा सब कुछ छीन लिया है अबु और मेरी अम्मी को । बस ये पाकिस्तान को आजाद कर दो इस अली भुट्टो आंतकवादी से ।

अस्लम खान : हे अल्लाह सुन ले हमारी पुकार ।

(और अब इधर भी मीटिंग चालु ही है ।)

मेजर गमित सिंह : सर हमें तुरंत कोई फर्जी नेशनल आईडेंटिटी कार्ड बनाकर देगा या नहीं । अगर कार्ड नहीं बना तो बहुत रिक्स है ।

मेजर ध्यानचंद : हम कार्ड तो तुरंत बनवा लेंगे तुम उसकी चिंता मत करो ।

कर्नल भार्गव : कार्ड के लिए मैंने कह दिया है । आधे घंटे के अंदर वह हम सब का नेशनल आईडेंटिटी कार्ड बनाकर दे देगा । मुझे बस चिंता हो रहा है वीर अर्जुन का भगवान उनकी रक्षा करे ।

लेफ्टिनेंट कर्नल विवेक कुमार पांडे : सर वो एक बहादुर सैनिक है तो फिर उन्हें रक्षा कि कोई जरुरत नहीं है । हां बस वो अकेले निकल पड़े थे दुश्मनों का खात्मा करने ।

कर्नल भार्गव : वैसे रबी वर्ल्ड कप कब से स्टार्ट हो रहा है । किसी को कुछ मालूम है तो मुझे बताओ ।

मेजर गमित सिंह : सर हमें बहुत बड़े मिशन को अंजाम देने जाना है और आपको अभी खेल के बारे जानना है ।

कर्नल भार्गव : अगर तुम्हें पता है तो बता दो मुझे भी पता है मिशन को अंजाम देने जाना है ।

मेजर गमित सिंह : सर कुछ महीनों बाद रबि वर्ल्ड कप स्टार्ट हो जाएगा । और उसने मेरी फेवरेट टीम जीतेगी भारत ।

कर्नल भार्गव : अच्छा तुम्हारी फेवरेट टीम भारत है सिर्फ तुम्हारी ही नहीं , हम सब की भी भारत फेवरेट टीम है । 12 :30 बजने वाले हैं । सब तैयार रहें हम 1:30 पर पाकिस्तान रवाना हो जाएंगे । पर इतना याद रखिएगा हमारा सिर्फ एक ही टारगेट है अली भुट्टो । ना रहेगी बांस ना बजेगी बांसुरी ।

मेजर गमित सिंह : सर यह वाला डायलॉग तो बहुत पुराना हो गया । ना बजेगी बांस ना बजेगी बांसुरी कुछ नया हो जाए सर ।

मेजर ध्यानचंद : में ही सुना देता हूं । ना रहेगा अली भुट्टो नहीं होगा कोई भी आंतकवादी धमाल । कैसा लगा मेरा शायरी आप सभी को ।

मेजर गमित सिंह : ये कौन सा शायरी है । तुम से अच्छा विवेक कुमार कि शायरी अच्छी है । तुम्हें पता भी है वो कौन है , बहुत बड़े लेखक है उन्होंने 12 साल कि उम्र में 600 से ज्यादा किताबें लिखकर इतिहास रच दिया है और अभी कुल मिलाके उन्होंने 990+ से ज्यादा किताब लिख दिया है । उनकी कभी शायरी पढ़कर देखना । गुगल पर सर्च करना विवेक कुमार पांडे क्वेस्ट अगर पढ़ना हो तो ।

मेजर ध्यानचंद : वो तो मुझे पता है । मैं उनका बहुत बड़ा फैन हूं ।

कर्नल भार्गव : बहुत बात चित हो गया । अब कुछ काम कि बात भी हो जाए ।

सचिन वर्मा : सर मेरा एक सवाल है ?

कर्नल भार्गव : क्या ?

सचिन वर्मा : हमें तो उर्दू भाषा आता ही नहीं है अगर किसी ने हमारे लेंग्वेज का पहचान कर लिया तो ।

कर्नल भार्गव : अपने पास नेशनल आईडेंटिटी कार्ड है फिर क्यों चिंता हो रहा है ।

लेफ्टिनेंट कर्नल विवेक कुमार पांडे : सर पाकिस्तान तो हम जा रहे हैं लेकिन पासपोर्ट पर तो नेशनालिटिस तो इंडियन ही लिखा हुआ है । पासपोर्ट चेकिंग हुआ तो फिर पकड़ें जाएंगे फिर कोई फायदा नहीं होगा नेशनल आईडेंटिटी कार्ड का । उन्हें यहीं लगेगा पासपोर्ट में कुछ अलग और नेशनल आईडेंटिटी कार्ड पर बहुत ही अलग । ये बात किसी ने सोचा भी है या नहीं ।

कर्नल भार्गव : बात तो तुम्हारी सही है विवेक पर बेफिक्र होकर हम पाकिस्तान जाएंगे । अगर उन्होंने पासपोर्ट मांगा तो सभी नेशनल आईडेंटिटी कार्ड दिखाना फिर जो होगा वो देखा जाएगा । बी रेडी फोर मिशन 1972 ।

(वीर अर्जुन कर्नल भार्गव के घर पहुंचते हैं)

वीर अर्जुन : जय हिन्द सर ।

कर्नल भार्गव : जय हिन्द । तुम्हें कुछ हुआ तो नहीं है ना ।

वीर अर्जुन : सर जिसके शरीर पर देश कि वर्दी हो तो फिर डर किस बात का । बस मुझे जरा सा चोट लगा है । मैं बॉर्डर पर तबाही मचाके आया हूं दो तीन पाकिस्तानी सैनिकों को ढेर किया है ।

कर्नल भार्गव : पहले हमला किसने स्टार्ट किया ।

वीर अर्जुन : सर उन लोगों ने पहले मुझ पर हमला करना स्टार्ट किया ।

कर्नल भार्गव : हम पांच लोग जा रहे हैं पाकिस्तान । हम ने प्लानिंग बनाया है । उसे मैं तुम्हें रास्ते में समझा दुंगा ।

वीर अर्जुन : ठीक है सर ।

(दो बजने में 20 मिनट बाकी था तभी प्रधानमंत्री इंदिरा गांधी ने कर्नल भार्गव के पास फोन किया और कहा)

इंदिरा गांधी : आप सभी को ओल द बेस्ट । मिशन 1972 कम्प्लीट करके आना विजयी भव ।

कर्नल भार्गव : जरूर मिशन 1972 पुरा होगा तभी तो । मिशन कच्छ 1972 कम्प्लीटली पुरा होगा । मिशन कच्छ तो ओल रेडी कम्प्लीट है ।

(फोन रखने के बाद । पांचो सैनिक प्रशतान हो गए । 1 घंटा बाद पाकिस्तान एयरपोर्ट पर पहुंचें । वो पांचों आराम से पाकिस्तान में प्रवेश कर गए । और रिक्शा में बैठ कर फिर वहां से र वाना हुए पाकिस्तान के प्रधानमंत्री के घर जाने के लिए

। तभी अचानक कर्नल भार्गव ने देखा एक लड़की सड़क पर सभी से भिख मांग रही थी । वो लड़की कर्नल भार्गव के रिक्शा के पास आयी और कहने लगी । कर्नल भार्गव ने रिक्शा वाले से कहा रूको)

लड़की : अल्लाह के नाम पर कुछ दे दो चाचा ।

कर्नल भार्गव : बेटा मैं तुम्हें क्या दु ।

लड़की : पैसा

कर्नल भार्गव : क्यों तुम्हें पैसा चाहिए ।

लड़की : ताकि मैं अपने बाबा और मां कि जान बचा सकु । यहां के प्रधानमंत्री आंतकवादी यो को कहते हैं जाओ सभी को बंदी बनाकर रखना और बदले में पैसे कामना । मुझे भी उसमें से 15% देना । उन्होंने मेरे बाबा और मां को भी बंदी बनाकर रखा है । वो सभी के साथ ऐसा ही व्यवहार करता है और मुझसे कहा है कि जा पुरा दिन भर रोड पर भिख मांग और पैसा लाकर मुझे दे । इसलिए मैं भिख मांग रही हुं । अगर ये पाकिस्तान इस अली भुट्टो से आजाद हो जाए तो बहुत अच्छा होगा । बहुत हो गया घुट घुट कर जीना आखिर कब होगा ये आजाद पाकिस्तान ।

कर्नल भार्गव : समझ लो तुम्हारी इच्छा अवश्य पुरा होगा बेटा वो भी आज ।

लड़की : सही में । अल्लाह करे । हम जल्दी आजाद हो ।

लेफ्टिनेंट कर्नल विवेक कुमार पांडे : तुम अब आजाद हो जाओगी ।

(लड़की वहां से चली जाती है । मेजर गमित सिंह कर्नल भार्गव से कहते हैं)

मेजर गमित सिंह : देखा सर आपने कितने कष्ट में है यहां के लोग उनके ही प्रधानमंत्री से ।

कर्नल भार्गव : उसे प्रधानमंत्री मत कहो । वो भी टेरेरिस्ट है एक नंबर का । मुझे लग रहा है आज पाकिस्तान आजाद होगा ही होगा ।

मेजर ध्यानचंद : सर आपको लग रहा है कि होगा आजाद । होकर ही रहेगा पाकिस्तान आजाद इसलिए तो हम आये है ।

(उनकी बातें सुनकर रिक्शा वाला कहने लगा ।)

रिक्शा वाला : आप लोग मजाक तो नहीं कर रहे हैं ना । किसी कि हिम्मत नहीं हुई कि वो उस अली भुट्टो को सबक सिखा पाये । मुझे नहीं लगता है कि पाकिस्तान कभी आजाद होगा ।

वीर अर्जुन : जरुर आजाद होगा पाकिस्तान । तुम हमें सिर्फ उस अली भुट्टो के घर तक छोड़ दो । बस एक यही काम कर दो ।

रिक्शा वाला : ठीक है जनाब लेकिन 1000 रुपया लुंगा ।

वीर अर्जुन : सिर्फ उसके घर जाने का भाडा 1000 रुपया बहुत मंहगा है । कम नहीं हो सकता है । नहीं मेरा नहीं तेरे 500 रूपया ले लो और लेकर चलो ।

रिक्शा वाला : नहीं जनाब इतना कम मे नहीं । 700 रूपया लास्ट बोलीए जनाब जाना है ।

कर्नल भार्गव : ठीक है । चलो तुम 1000 रूपया ही ले लेना , अब चलो ।

(रिक्शा वाला उन्हें अली भुट्टो के घर तक छोड़ देता है । उसके घर के बाहर बहुत ही सिक्योरिटी थी ।)

मेजर ध्यानचंद : सर हम अंदर कैसे जाएंगे ।

कर्नल भार्गव : चुप चाप चलो हम उन्हें कहेंगे जो सीबी और कोहलु पर हमला हुआ उसके बारे में हम जानते हैं ।

(तभी गेट के पास पहुंचते हैं । सिक्योरिटी गार्ड ने उन पांचो को रोका और पुछा)

सिक्योरिटी गार्ड : कहां जा रहे हो । यहां पर क्या काम । किस लिए आए हो ।

कर्नल भार्गव : हमें प्रधानमंत्री से मिलना है ।

सिक्योरिटी गार्ड : पर क्या काम है मिया ।

कर्नल भार्गव : जो पाकिस्तान के सीबी और कोहलु पर हमला हुआ है । उसके बारे में हम जानते हैं । जाओ पुछकर आओ अपने प्रधानमंत्री से वरना हम चले ।

सिक्योरिटी गार्ड : रूकिए में पुछकर आता हूं ।

(सिक्योरिटी गार्ड अंदर जाता है और अली भुट्टो से कहता है)

सिक्योरिटी गार्ड : सर आपसे मिलने पांच लोग आए हैं । कह रहे हैं कि उन्हें सीबी और कोहलु पर किसने हमला किया है उन्हें पता है ।

पाकिस्तानी प्रधानमंत्री : जाओ लेकर आओ अंदर ।

सिक्योरिटी गार्ड : जी सर

(अब अली भुट्टो मन में सोचने लगा । अब मेरे समस्या का समाधान हो जाएगा । सिक्योरिटी गार्ड उन पांचों को अंदर लेके आता है)

मेजर गमित सिंह : में ज़ाकिर नायक । हमे पता है सीबी और कोहलु पर किसने हमला किया है ।

पाकिस्तानी प्रधानमंत्री : पहले बताइए आप सभी क्या खायेंगे ।

कर्नल भार्गव : नहीं हमें कुछ खाना पीना नहीं है ।

पाकिस्तानी प्रधानमंत्री : जनाब आपका नाम ।

कर्नल भार्गव : साहेब हुसैन मेरा नाम है ।

पाकिस्तानी प्रधानमंत्री : तो बताइए हमें । हम भी आज बहुत परेशान हैं । सोच रहा था कि हमला मैंने भारत पर कर वाया लेकिन सीबी और कोहलु पर हमला किसने किया ।

कर्नल भार्गव : हम आपको सच्चाई यहां नहीं बता सकते हैं ।

पाकिस्तानी प्रधानमंत्री : क्यों जनाब अमेरिका में सच्चाई बताएंगे क्या । कितना लेंगे आप सच बोलने के ।

कर्नल भार्गव : नहीं हमें एक पैसा भी नहीं चाहिए । हम सच्चाई यहां नहीं बताएंगे । आपको हमारे साथ चलना पड़ेगा सच्चाई देखने के लिए ।

पाकिस्तानी प्रधानमंत्री : कहा पर बोलिए । करांची या कोहलू ।

कर्नल भार्गव : देखिए बहुत रिक्स वाली जगह है । अगर चलने को तैयार हैं तो ही नाम बताउंगा बोलिए ।

पाकिस्तानी प्रधानमंत्री : अच्छा ठीक है मुझे 2 मिनट चाहिए सोचने के लिए ।

कर्नल भार्गव : देखिए हमारे पास समय नहीं है । आप दो मिनट तीन मिनट मत किजिए । ठीक है हमने आपको पांच मिनट दिया सोचने के लिए । अगर सोच ले तो हमें फिर से बुलाना ।

पाकिस्तानी प्रधानमंत्री : ठीक है ।

(बाहर आने के बाद वीर अर्जुन कर्नल भार्गव से कहते हैं ।)

वीर अर्जुन : सर आप उस टेरेरिस्ट को इतनी इज्जत क्यों दे रहे हैं ।

लेफ्टिनेंट कर्नल विवेक कुमार पांडे : वो कहावत नहीं सुना । काम हो तो गधा को भी बाप कहना पड़ता है ।

कर्नल भार्गव : रागझ गए आर्जुन ।

वीर अर्जुन : जी सर । आपको क्या लगता है वो तैयार होगा ।

कर्नल भार्गव : बिल्कुल तैयार होगा ।

(अली भुट्टो बेल बजाकर उन्हें अंदर आने का इशारा देते हैं ।)

पाकिस्तानी प्रधानमंत्री : नाम बताएं उस जगह का जनाब । मैं तैयार हूं जाने के लिए ।

कर्नल भार्गव : आपको भारत चलना पड़ेगा ।

पाकिस्तानी प्रधानमंत्री : ये कैसी वाहियात बात कर रहे हैं । हमला पाकिस्तान के सीबी और कोहलु पर हुआ है ना कि भारत के कोहलू और सीबी पर ।

कर्नल भार्गव : में जानता था । आप ऐसा ही कहोगे । ठीक है तो हम सब चलते । अब आप अपनी कुर्सी बचाइए ।

पाकिस्तानी प्रधानमंत्री : अरे अरे रूकिए मिया । लेकिन भारत में कौन सा सबुत है ।

वीर अर्जुन : तुम चलन चाहते हो या नहीं ।

पाकिस्तानी प्रधानमंत्री : आपको किसी ने रिस्पेक्ट करन

नहीं सिखाया है क्या । बड़े लोगों के साथ कैसे बात करते हैं ।

कर्नल भार्गव : छोड़िए वो बात जाने दिजीए । इंसान से ही गलती होता है । आपको चलना है या नहीं ।

पाकिस्तानी प्रधानमंत्री : मुझे आप लोगों पर सक हो रहा है । कहीं आप हिंदुस्तानी तो नहीं है ना । चलिए आईडेंटिटी कार्ड दिखाइए ।

कर्नल भार्गव : बिल्कुल । ये लिजिए हम सभ का आईडेंटिटी कार्ड । मिल गईं तसल्ली हम पाकिस्तानी है जनाब । हमारा समय बर्बाद ना करें साफ साफ बताइए जाना है या नहीं ।

पाकिस्तानी प्रधानमंत्री : (हंसते हुए) जनाब आप को पता भी है । अगर हम भारत चले गए तो बहुत अफरा तफरी मच जाएगी ।

कर्नल भार्गव : आप हमें घुमाइए मत आपको जाना है तो कहीए हा वरना नहीं जाना तो हम चले ।

पाकिस्तानी प्रधानमंत्री : ठीक है । कब से चलना है । अभी या फिर कल ।

कर्नल भार्गव : अभी ही जाना है । आप तैयार होकर बाहर आए । हम सभ बाहर इंतजार कर रहे हैं ।

पाकिस्तानी प्रधानमंत्री : जी हुजूर ।

(बाहर आकर कर्नल भार्गव उन से कहते हैं ।)

कर्नल भार्गव : आने दो तब तक हम उनके चारों घर के साइड बम फिट कर देते हैं । साथ में इनका संगठन भी खत्म हो जाएगा ।

(चारों साइड बोम फिट कर देते हैं । अली भुट्टो तैयार होकर बाहर आता है ।)

पाकिस्तानी प्रधानमंत्री : चले जनाब ।

कर्नल भार्गव : हां चले ।

(कराची से फ्लाइट पकड़ भारत जाने के लिए प्रशथान हो जाते हैं । कुछ घंटों बाद भारत पहुंच जाते हैं । उन्हें रेड फोर्ट के पास ही इंदिरा गांधी का घर था । वहां पर लेकर पहुंचे हैं ।)

इंदिरा गांधी : जी नमस्ते । भारत में आपका स्वागत है ।

पाकिस्तानी प्रधानमंत्री : अस्सलाम वालेकुम ।

इंदिरा गांधी : तो आपके लिए क्या मंगवाऊ गर्म या ठंडा ।

पाकिस्तानी प्रधानमंत्री : नहीं मुझे कुछ भी नहीं पीना है बस में यह जानने के लिए भारत आया हूं किसने कोल्हू और सीबी पर हमला किसने किया ।

इंदिरा गांधी : ओ तो यह जानने के लिए आए हो आप । ठीक है बताती हूं । (इंदिरा गांधी जोर से आवाज देती है रिपोर्ट आप सभी अंदर आ जाइए)

पाकिस्तानी प्रधानमंत्री : ये सभ क्या मज़ाक है ।

इंदिरा गांधी : ओर जो तुम ने सुबह 2 बजे किया था वो क्या था ।

(फिर मीडिया वालों से कहती है इंदिरा गांधी लाइव प्रसारण टीवी पर चालु कर दिजीए आप सभी)

(सभी लोग लाईव प्रसारण देखने लगे और पाकिस्तान भी लाईव प्रसारण में सामिल था ।)

पाकिस्तानी प्रधानमंत्री : तो तुम लोग मुझे इसलिए लाए हो । तुम मेरा कुछ नहीं बिगाड़ सकते हो ।

लेफ्टिनेंट कर्नल विवेक कुमार पांडे : आज तो बहुत कुछ बिगड़ेगा तेरा और पाकिस्तान आजाद हो जाएगा तेरी दरिंदगी से ।

इंदिरा गांधी : बंदुक लेकर आईए । इस राक्षस का खात्मा करना है ।

लेफ्टिनेंट कर्नल विवेक कुमार पांडे : नहीं मेम इसे में अपने हाथों से मारूंगा । आप अपना हाथ ख़राब ना करें । इस ने बहुत से मासुम से लोगों कि जान ली है । आज इसकी ही बारी है ।

(यह सब कुछ टीवी पर लाइव प्रसारण हो रहा था । विवेक कुमार बंदुक लेकर आए ओर ठोक दिया उस अली भुट्टो को और कहा अब पाकिस्तान आजाद हो गया । मानो कि पाकिस्तान मे खुशी कि लहर उठ पड़ी । साथ ही साथ अली भुट्टो कि संगठन को भी बोम से तबाह कर दिया ।)

लेफ्टिनेंट कर्नल विवेक कुमार पांडे : मैम हमने अपना मिशन 1972 कंप्लीट कर लिया ।

इंदिरा गांधी : हां । अब कोई भी आंतकवादी हमला नहीं होगा । कल आप सभी को सम्मानित किया जाएगा । आपने देश कि भी रक्षा कि और अपने ही नहीं दुसरे देश के नागरिकों कि भी रक्षा किया । सलाम है आप सभी को ।

(लेकिन अब पाकिस्तान का प्रधानमंत्री कौन बनेगा मीडिया वालों ने पाकिस्तानी नागरिकों से पुछा ।)

स्थानीय निवासी : कोई भी प्रधानमंत्री बने पर उस अली भुट्टो जैसा प्रधानमंत्री ना आए तो ठीक है । मेरे ख्याल से जो हिंदुस्तान ने किया है हमारे लिए हम सभी उनका शुक्रगुजार हैं । बहुत ही अच्छा काम किया । हे अल्लाह उन पर रहमत बनाए

रखना । और एक बात मैं कवि विवेक कुमार पांडे का बहुत बड़ा फैन हूं ।

[कहते हैं ना साथ मिलकर रहे तो कोई हिन्दू नहीं कोई मुस्लिम नही । सब लोग एकता में रहे]

(आखिर वह दिन आ ही गया । इंदिरा गांधी ने विवेक कुमार और कर्नल भार्गव , वीर अर्जुन , मेजर गमित सिंह , मेजर ध्यानचंद , सचिन वर्मा को पद्म श्री से सम्मानित किया । सम्मानित होने के बाद वापस कच्छ बोर्डर पर लौट गए क्योंकि वहां पर उन लोगों कि पोसटींग थी ।)

मेजर गमित सिंह : अर्जुन तुम्हें सबसे अच्छा क्या लगा ।

वीर अर्जुन : मुझे सबसे अच्छा ये स्टोरी लगा । जिस में हमने सैनिक का रोल किया । मैं धन्यवाद करना चाहूंगा लेखक विवेक कुमार पांडे जी का । पता नहीं कैसे इतना जबरदस्त स्टोरी लिख देते हैं । फिर मिलेंगे नयी कहानी के साथ अभी के लिए बाय बाय ।

आगे कि कहानी जानने के लिए ज़रूर पढ़े मिशन कच्छ : 1972 चेप्टर 2 . क्या नुसरत भुट्टो अपने पति का बदला लेंगे या नहीं , इंदिरा गांधी फिर से भारत को जोड पाएंगी या नहीं . क्या फिर से सर्जिकल स्ट्राइक हो सकता है। बहुत सारे सवाल और समस्या लेकिन समस्या का हल है ,आगे कि कहानी पढ़ोगे तभी जानोगे ।

2

मिशन कच्छ : 1972 चेप्टर 2

मिशन कच्छ : 1972 चेप्टर 2

पात्र :

सचिन वर्मा (सैनिक)

मेजर गमित सिंह

मेजर ध्यानचंद

हरिचंद दीवान (एयर मार्शल)

कर्नल भार्गव

लेफ्टिनेंट कर्नल विवेक कुमार पांडे (लेखक)

वीर अर्जुन (सैनिक)

इंदिरा गांधी (प्रधानमंत्री)

घनश्याम ओझा (मुख्यमंत्री)

ज़ुल्फ़िक़ार अली भुट्टो (पाकिस्तान का प्रधानमंत्री)

शाहाजत खान

नुसरत भुट्टो (ज़ुल्फ़िक़ार अली भुट्टो कि पत्नी)

बेनज़ीर भुट्टो (ज़ुल्फ़िक़ार अली भुट्टो कि बेटी)

बेगम अख्तर

उम्मीद करता हूं आप सभी बहुत खुश होंगे और स्वस्थ्य होंगे । तो आप सभी ने मिशन कच्छ 1972 पढ लिया होगा । वह चेप्टर 1 था । और इस किताब में मिशन कच्छ 1972 चेप्टर 2 है । बहुत मज़े के साथ पढ़िएगा । और हां आप सभी ने मेरी किताब मिशन कच्छ को बहुत सारा प्यार दिया , उसके लिए बहुत धन्यवाद आप सभी का । मिशन कच्छ 1972 पुरे वर्ल्ड वाइड पब्लिस हुआ था । जब कि न्युजीलैंड और अमेरिका , चीन , जापान , कोरीया एवम् पाकिस्तान में बहुत बिक्री हुआ और सबसे ज्यादा भारत में यह कहानी ने तबाही मचा दि हर दिन करीब 25+ से ज्यादा बिका मिशन कच्छ । तो चलिए चालू करते हैं आगे की कहानी ।

ज़ुल्फ़िक़ार अली भुट्टो कि पत्नी नुसरत भुट्टो बहुत ही पढ़ी लिखी थी । उसके घर में उसके बेटे और बेटियां भी पढ़ें लिखें थे । ज़ुल्फ़िक़ार अली भुट्टो के मरने के बाद क्या हुआ । पाकिस्तान में तो खुशी कि लहर उठ पड़ी । लेकिन ज़ुल्फ़िक़ार अली भुट्टो के परिवार वालों का क्या होगा । क्या वह अपना दर्द किसे बंया करेंगे । ज़ुल्फ़िक़ार अली भुट्टो कि पत्नी नुसरत भुट्टो बहुत ही बेबस होकर एक जगह बैठी रो रही थी , और अपने संतानों को समझा रही थी ।

नुसरत भुट्टो : (रो - रो कर) किसने मारा मेरे पति को , क्या बिगाड़ा था उन्होंने भारत वालो का ।

(ज़ुल्फ़िक़ार अली भुट्टो भले ही प्रधानमंत्री था पर उसकी कारनामे उसके घर वाले नहीं जानते थे ।)

बेनज़ीर भुट्टो : अम्मी अब्बू आएंगे ना वापस अपने घर , अब्बू कहां गए हैं ।

नुसरत भुट्टो : बेटी जल्दी ही तुम्हारे अब्बू आएंगे ।

बेनजीर भुट्टो : नहीं अम्मी तुम झुठ बोल रही हो । अब्बू अब नहीं आ सकते हैं वो अल्लाह को प्यारे हो गए हैं । अब अब्बू कभी भी नहीं आ पाएंगे ।

नुसरत भुट्टो : चुप हो जाओ बेटी । शायद अल्लाह का बुलावा था , तुम्हारे अब्बू का ।

बेनजीर भुट्टो : अम्मी आपको क्या लगता है । अब्बू को क्यों और किसने मारा है ।

नुसरत भुट्टो : मुझे नहीं पता है । लेकिन जिसने भी मारा हो बदला तो जरूर लूंगी ।

(यहां पाकिस्तान के न्यूज़ चैनल पर लाइव प्रसारण हो रहा था । रिपोर्ट घर - घर जाकर सभी से पुछ रहे थे ।)

रिपोर्ट : अब कौन बनेगा पाकिस्तान का प्रधानमंत्री ।

स्थानीय निवासी : मेरे ख्याल से चांद नवाब को पाकिस्तान का प्रधानमंत्री बनना चाहिए ।

रिपोर्ट : ऐसी क्या खास बात है , जो आप चांद नवाब को पाकिस्तान का प्रधानमंत्री बनाना चाहते हैं ।

स्थानीय निवासी : खास बात तो नहीं है , पर मुझे उनका व्यवहार और चरित्र ठीक लगता है ।

रिपोर्ट : अगला सवाल । क्या आप खुश हैं या फिर दुःखी ।

स्थानीय निवासी : मेरे ख्याल से मैं नहीं पुरा पाकिस्तान खुश होगा । उस अली भुट्टो से छुटकारा मिला हम सभी को ।

रिपोर्ट : क्या पाकिस्तान बीना प्रधानमंत्री के अपने देश को आगे बढा सकता है या नहीं ।

स्थानीय निवासी : पाकिस्तान अब आगे बढ़ेगा , कई समय तक सिर्फ - और सिर्फ बर्बाद ही हुआ है पाकिस्तान ।

रिपोर्ट : आखिर एक सवाल सभी के मन में घुम रहा होगा । कौन बनेगा प्रधानमंत्री । अली भुट्टो का अकस्मात मौत कैसे हुआ. । चुनाव में कुछ ही महिना बाकी है, कौन बनेगा पाकिस्तान का प्रधानमंत्री .।

(बेनजीर भुट्टो अपनी अम्मी से कहती हैं .)

बेनजीर भुट्टो : मां आप देख रही हो , अब्बू के बारे में लोग क्या सोचते हैं .।

नुसरत भुट्टो : हां देख रही हुं । वैसे बेटा तुम खाना तो बना लोगी ना ।

बेनजीर भुट्टो : हां मां बना लुंगी । लेकिन इससे इस बात का क्या मतलब है । आप ऐसा क्यों बोल रहे हो अम्मी ।

नुसरत भुट्टो : में ऐसा इसलिए बोल रही हुं , ताकि तु अपने छोटे भाई का ध्यान रखना और मैं ?

बेनजीर भुट्टो : अम्मी आप कहां जाओगे ?

नुसरत भुट्टो : तेरे अब्बू का बदला लेने । में चुनाव लडुंगी , में आज मीडिया के सामने अनाउंस कर दुंगी ।

बेनजीर भुट्टो : लेकिन अम्मी आपको कोई वोट नहीं देगा , क्योंकि आप देख रहे हो कितना अप शब्द कह रहे हैं अब्बू के बारे में ।

नुसरत भुट्टो : कहते हैं जब सीधी उंगली से घी नहीं निकलता है तब उंगली टेढ़ी करनी पड़ती है । तु सिर्फ अपना और अपने भाईयों का ध्यान रखना.।

बेनजीर भुट्टो : ठीक है अम्मी ।

नुसरत भुट्टो : बेटा एक करो पहले भारत के प्रधानमंत्री को फोन करो ।

बेनजीर भुट्टो : जी अम्मी ।

(बेनजीर भुट्टो ने इंदिरा गांधी को फ़ोन लगाया और अपनी अम्मी को फोन उनके हाथ में दे दिया)

नुसरत भुट्टो : नमस्ते में अली भुट्टो कि पत्नी बोल रही हुं ।

इंदिरा गांधी : हां बोलिए ।

नुसरत भुट्टो : क्या बिगाड़ा था मेरे पति ने आपका .

इंदिरा गांधी : देखो मैं समझ सकती हुं , तुम्हारा दर्द लेकिन वह एक बहुत बड़ा क्रिमिनल था ।

नुसरत भुट्टो : कोई बात वो सब छोड़िए , कम से कम उनकी सब तो दे दो ताकि अंतिम संस्कार कर सके ।

इंदिरा गांधी : हमने कब का सब भेज दिया है , 5 या 10 मिनट बाद तुम्हें मिल जाएगा । हमारा पायलट लेकर पहुंचता ही होगा ।

नुसरत भुट्टो : आपका बहुत बहुत धन्यवाद (रोकर)

(करीब 15 मिनट बाद अली भुट्टो का सब उनके घर पहुंच जाता है । पत्नी से उनका हाल नहीं देखा गया , खुब चिल्ला - चिल्ला कर रो रही थी । उनके घर के बाहर मिडिया वालो कि लाइन लगी थी । तभी नुसरत भुट्टो अपनी बेटी से कहती है .।)

नुसरत भुट्टो : बेटा जाओ सिक्योरिटी गार्ड से कह दो गेट खोल दे , आने दे सभी को ।

बेनजीर भुट्टो : लेकिन क्यों अम्मी , में नहीं चाहतीं हुं उनको बुलाना ।

नुसरत भुट्टो : (गुस्से से) जितना कहा जाए उतना ही करो उससे ज्यादा नहीं , जाओ कहकर आओ ।

बेनजीर भुट्टो : ठीक है अम्मी ।

(बेनजीर भुट्टो सिक्योरिटी गार्ड को कहती है ।)

बेनजीर भुट्टो : चाचा गेट खोल दो .।

सिक्योरिटी गार्ड : लेकिन क्यों ।

बेनजीर भुट्टो : अम्मी ने कहा है , जल्दी से खोल दो दरवाजा .।

सिक्योरिटी गार्ड : ठीक है ।

(सिक्योरिटी गार्ड ने गेट खोल दिया , सभी मीडिया वाले घर के अंदर गए)

(मीडिया वालों ने सवालो का पहाड़ खड़ा कर दिया नुसरत भुट्टो के सामने .)

नुसरत भुट्टो : माफ करिएगा में आप सभी को जवाब नहीं दे सकती हुं , लेकिन हां एक अनाउंसमेंट है सभी पाकिस्तानीयो के लिए .।

रिपोर्ट : मेम क्या है , वो अनाउंसमेंट हमे भी बताइए ताकि पुरा पाकिस्तान क्या पुरा दुनिया ही सुन ले .।

नुसरत भुट्टो : चुनाव में लडुंगीं और उस में जीत हासिल करुंगी .।

रिपोर्ट : लेकिन आप यह बात पुरे दावा के साथ कैसे कह सकती है ,कि आप प्रधानमंत्री कि चुनाव लड़ेंगी और जीत हासिल करेंगी .।

नुसरत भुट्टो : में आप सभी से कुछ कहना चाहती हुं । जिसको चलना आता है तो उसे दौड़ना नहीं आता होगा.।

रिपोर्ट : लेकिन मैम आपके पति का सब भारत कैसे पहुंचा .।

नुसरत भुट्टो : देखिए में कुछ नहीं जानती हुं , मेरे ख्याल से आप लोगों का काम यहीं है , कि मैं शांति से ना बैठु एक बार कह दिया कि मैं नहीं जानती हुं कि वो भारत कैसे गए और कब गए . बस इतना जानती हुं ये यहां से जिंदा गए थे और भारत से मुर्दा लौट कर आए हैं .।

रिपोर्ट : लेकिन मैम बाकी सवालों का जवाब तो दीजिए .।

नुसरत भुट्टो : लेकिन - वेकिन कुछ नहीं , निकल जाओ आप सभी मेरे घर से वरना मजबुरन हमें सिक्योरिटी गार्ड को बुलाना पड़ेगा .।

(नुसरत भुट्टो के कहने पर मीडिया वाले चले जाते हैं .। पिण्ड के पास बैठे नुसरत भुट्टो और उनकी बेटी .। पिण्ड का मतलब होता मरा हुआ शरीर .)

बेनजीर भुट्टो : अम्मी आप क्या सोच रहे हो , मुझे तो कुछ समझ नहीं आ रहा है .।

नुसरत भुट्टो : समझने कि जरूरत नहीं है तुम्हें बेटा . खुन के बदले खुन ही लेना है मुझे .।

बेनजीर भुट्टो : अम्मी हम अब्बू का अंतिम संस्कार क्यों करेंगे , हमारा तो रिवाज है ना माटी में शरीर को दफनाया जाता है .।

नुसरत भुट्टो : मुझे पता है , तुम मुझे मत सिखाओ .।

बेनजीर भुट्टो : जब देखो तब आप मुझे डांटते ही रहते हो , सही बोलती हुं तभी और ना बोलु तभी . मुझे अब कुछ बोलना ही नहीं है .।

(नुसरत भुट्टो अपने पति अली भुट्टो का अंतिम संस्कार , संपूर्ण विधि करके अपने घर आ जाती है .)

नुसरत भुट्टो : मैंने कभी सोचा नहीं था , कि हमें ऐसे दिन दिखाने वाला है ये अल्लाह ।

बेनजीर भुट्टो : अम्मी जान काल को कोई भी नहीं रोक सकता है ।

नुसरत भुट्टो : अच्छा एक बात बताओ बेटा तुमने अपनी कोलेज कि फीस भर दिया है या बाकी है ।

बेनजीर भुट्टो : अम्मी मैंने फीस तीन दिन पहले ही भर दिया था . आप चिंता मत करिए बस अपना ध्यान रखिए।

नुसरत भुट्टो : तुम्हें क्या लगता है कि मैं प्रधानमंत्री बन सकती हु या नहीं ।

बेनजीर भुट्टो : हां अम्मी आप प्रधानमंत्री बन सकते हो ।

(मां और बेटी बातें करते - करते सो गए . गुजरात के बोर्डर पर कर रहे निगरानी कर्नल भार्गव और मिशन कच्छ में शामिल सभी लोग एक जगह बैठे बातें कर रहे थे .)

कर्नल भार्गव : हमारा मिशन तो कामयाब रहा , मगर में अभी तक यही सोच रहा हूं । कोई ओर उसके जैसा बच तो नहीं गया है ना ।

वीर अर्जुन : बच गया तो हम है ना देख लेंगे ।

सचिन वर्मा : सर अगर जींदा भी होगा तो हम अब कुछ नहीं कर सकते हैं ।

मेजर गमित सिंह : हां हम थोड़ी बार बार पाकिस्तान जाएंगे ।

मेजर ध्यानचंद : सवाल यहां ये है कि पाकिस्तान सरकार प्रधानमंत्री बनाएगा या फिर जैसा चल रहा है वैसे चलने देगा ।

कर्नल भार्गव : पाकिस्तान सरकार जरूर प्रधानमंत्री बनाएंगे नहीं तो फिर कुछ होने वाला नहीं है ।

सचिन वर्मा : लेकिन हमने मिशन को अच्छे से अंजाम दिया कुछ भी गड़बड़ नहीं किया है ।

लेफ्टिनेंट कर्नल विवेक कुमार पांडे : सर हमने सिर्फ एक अली भुट्टो को मारा है और उसके जैसे होंगे जरुर हमने उसके आदमीयों को मारा ही कहां है । अगर फिर कल जो प्रधानमंत्री बना वो भी उसके साथ जुड़ जाएगा । हमसे यही सबसे बड़ी गलती हुई है ।

कर्नल भार्गव : उनका भी बंदोबस्त कर देंगे ।

मेजर ध्यानचंद : मुझे सिर्फ आज ही आदेश मिल जाए तो पूरा पाकिस्तान को खत्म करके आ जाऊंगा ।

कर्नल भार्गव : अपने को कोई भी काम जल्दबाजी में नहीं करना है ।

मेजर गमित सिंह : सर पहले हमें गांव वालों के लिए कुछ करना चाहिए। उनका घर पूरी तरह से टूट चुका है । उनके लिए नया घर बनाकर देना चाहिए ।

कर्नल भार्गव : गांव में उसी दिन से काम चालू है बस दो-तीन दिन में तैयार हो जाएगा और फिर वह रह सकते हैं । सबसे कठिन समस्या तो यह है जंगली

जानवर घुस जाते हैं गांव में उनके लिए कुछ करना पड़ेगा वरना पुरे गांव के लोगों को समस्या होगा ।

लेफ्टिनेंट कर्नल विवेक कुमार पांडे : सर हमें गांव के चारों तरफ स्टील का गेट लगा देना चाहिए और उसे पैक कर देना चाहिए ।

कर्नल भार्गव : ठीक है वह काम तो हो जाएगा लेकिन सबसे मेन और सबसे जरूरी काम यह है कि हमें रडार को एक्टिवेट करके गांव के चारों तरफ लगावा देना चाहिए ।

मेजर ध्यानचंद : सर हमें यह काम आज ही करना पड़ेगा नहीं तो कल क्या पता अगर वह फिर कोई और हमला करें तो ।

कर्नल भार्गव : उसके लिए पहले हमें अपने प्रधानमंत्री से बात करना पड़ेगा । वह हमें जैसा बजट देंगे हम ऐसा ही काम करेंगे ।

सचिन वर्मा : सर पहले आप एक काम करिए लिस्ट बना लीजिए कि हमें क्या-क्या चाहिए ,क्या काम करना है और कितना बजट हो रहा है ।

कर्नल भार्गव : पहला काम गांव के चारों तरफ गेट लगवाना है और दुसरा काम रडार को एक्टिव करना है और चारों दिशाओं में लगा देना और रडार की फ्रीक्वेंसी डबल कर देनी है । ताकि दुश्मन 30 किलोमीटर दूर रहे तो हमें पता लग जाएगा । कुछ बजट 4 या 5 करोड़ लगेगा ।

वीर अर्जुन : सर इसके बारे में हम पहले अपने मुख्यमंत्री घनश्याम ओझा से भी बात करेंगे और प्रधानमंत्री के सामने भी अपनी बात रखेंगे ।

मेजर गमित सिंह : सर मैं आप सभी को एक बात बताना भूल ही गया । मैं कितनी देर से अपना फोन ढूंढ रहा था लेकिन जब नहीं मिला तब मुझे याद आया मेरा फोन उस अली भुट्टो के ऑफिस में छूट गया है ।

कर्नल भार्गव : एक काम करो मेरा फोन लो और उस पर फोन करो अगर कोई आसपास में होगा तो फोन उठाएगा जरूर ।

मेजर गमित सिंह : सर लेकिन फोन तो स्विच ऑफ बता रहा है फोन करने से कोई फायदा नहीं है ।

कर्नल भार्गव : तो फिर तो कुछ नहीं हो सकता अब नया मोबाइल ले लो ।

मेजर गमित सिंह : अब वही करना पड़ेगा ।

कर्नल भार्गव : मुझे लगता है हमें खुद प्रधानमंत्री से मिलना चाहिए और यहां पर बॉर्डर की सुरक्षा तो बॉर्डर सिक्योरिटी फोर्स कर ही रही है ।

मेजर गमित सिंह : लेकिन हमें तो दिल्ली जाना पड़ेगा ना सर मिलने के लिए ।

कर्नल भार्गव : तो तुम क्या चाहते हो वह तुमसे खुद मिलने के लिए आए ।

मेजर गमित सिंह : अगर आ जाते तो ठीक रहता उनके पास पर्सनल फाइटर जेट भी तो है खामखा हम परेशान भी नहीं होते ।

कर्नल भार्गव : तो तुम्हारे पास फाइटर जेट नहीं है और वह प्रधानमंत्री है तुम प्रधानमंत्री नहीं कि वह तुमसे मिलने आएंगे उनको भी बहुत सारा काम का बोझ रहता है ।

सचिन वर्मा : सर मैं पायलट को बुलाता हूं आप सभी तैयार रहीए ।

कर्नल भार्गव : जरूर जाओ जल्दी ।

(फाइटर जेट में बैठकर वह सभी प्रधानमंत्री से मिलने के लिए निकल पड़ते हैं। मेजर अमित सिंह का फ़ोन अली भुट्टो के ओफिस में पड़ा था । उनका फोन अली भुट्टो के सिक्योरिटी के हाथ में लग गया था । अब यह फोन भुल जाना कितना मंहगा पड़ने वाला है मेजर गमित सिंह को अब तो भगवान ही जानते हैं आगे क्या होगा ।)

शाहाजत खान : अब पता नहीं क्या होगा हमारा मेन लीडर भी मर गया और मेरा भाई फकीर खान भी ।

बेगम अख्तर : हम कमजोर पड़ गए और हमने उन भारतीयों पर थोड़ा बहुत दया कर दिया इसके वजह से वह आज हमारे सर पर चढ़कर तांडव कर रहे हैं । इसे ही कहते हैं कि सांप भी मर गया और लाठी भी ना टूटी ।

शादाब आलम : इतना टेंशन क्यों ले रहे हो । अभी सिर्फ पेड़ की डालियां कटी है जड़ कहां कटा है । जड़ रहा तो डालिया तो फिर से उग जाएगा ।

अस्लम बाबर : तु इतना क्यों उड़ रहा है आसमान ।

शादाब आलम : ये लो मोबाइल ।

बेगम अख्तर : इसका हम क्या करेंगे । तेरी अम्मी को भेंट करेंगे क्या ।

शादाब आलम : पहले देख लो यह मोबाइल बहुत खास है । ये मोबाइल अपने दुश्मनों का है जिन्होंने हमारे सरदार अली भुट्टो को हम से छिन लिया ।

शाहाजत खान : वाह क्या बात है मेरे शेर बहुत बहादुरी का काम किया है तूने लेकिन यह फोन तुझे मिला कहां से ।

शादाब आलम : जब मैं सरदार के ऑफिस में गया था तब वहां पर कोई नहीं था सिक्योरिटी गार्ड ने बोला कि यहां पर कुछ लोग आए थे तो अपना फोन भूल गए हैं और अपने प्रधानमंत्री उनके साथ ही कहीं बाहर गए थे । तो वह फोन में उठाकर लेकर आ गया । सिक्योरिटी बोल रहा था कि यह फोन तो करीब 2 दिन से पड़ा है यहीं पर ।

शाहाजत खान : बहुत ही बड़ा काम किया है तुने । पहले मोबाइल में एरोप्लेन मोड डाल दे और फिर सभी का नंबर ढुंढ देख उनके देश के प्रधानमंत्री का नंबर है या नहीं ।

शादाब आलम : किसका नंबर मीया थोड़ा जोर से बोलिए ।

बेगम अख्तर : तुझे सुनाई नहीं देता है । तुझे बोला भारत के प्रधानमंत्री इंदिरा गांधी का नंबर ढुंढ के दे समझा ।

शाहाजत खान : रूको जरा सब्र रखो देखते हैं जनाब ।

(थोड़ी देर बाद उसने चेक किया और कहा)

शाहाजत खान : इसमें मैंने सारे नंबर चेक किये पर मुझे सिर्फ एक नंबर थोड़ा अजीब लगा इसमें एक नंबर पीएम के नाम से सेव है ।

बेगम अख्तर : तो वो नंबर इंदिरा गांधी का ही है ।

शाहाजत खान : लेकिन तुम इतने विश्वास के साथ कैसे कह सकती हो कि वो नंबर इंदिरा का ही है ।

बेगम अख्तर : हे अल्लाह इस को आपने क्यों बनाया और बनाया भी तो दिमाग नहीं दिया आपने ।

शाहाजत खान : रहने दो अगर मेरे पास दिमाग नहीं होता ना तो में मोबाइल लेकर नहीं आता समझी ।

बेगम अख्तर : समझ गयी लेकिन अब तु समझ । अच्छा ये मोबाइल किसका है पहले ये बता ।

शाहाजत खान : उस हिन्दुस्तानी जासुस का ।

बेगम अख्तर : तो फिर उसके मोबाइल में जो नंबर सेव है पीएम के नाम से वो किसका होगा अपने सरदार अली भुट्टो का या इंदिरा गांधी का । वो अपने ही देश के प्रधानमंत्री का नंबर रखेगा ना कि तेरी घर वाली का फोन नंबर रखेगा नालायक ।

शाहाजत खान : ओ अच्छा अब समझ आया । ये बात तो में कबका समझ गया था । मुझे कुछ और ही लगा ।

शादाब आलम : इतिहास कलम से लिखा जाता है और हम इतिहास बहते खुन कि नदियों से लिखेंगे ।

(बेगम अख्तर अपने आप से मन में बातें करने लगी ये फिर से बड़बड़ाने लगा ।)

बेगम अख्तर : खाना लगाउ नहीं तो फिर में खा लेती हूं । मुझे बहुत जोर कि भुख लगी है ।

शादाब आलम : ठीक है परोस दो हमें खाना ओर इस नालायक को भी ।

(इंदिरा गांधी गुजरात के मुख्यमंत्री घनश्याम ओझा जी से कुछ बात कर रही थी ।)

इंदिरा गांधी : आप तो जानते ही हैं कि कितना कष्ट सहकर भारत को आजाद करवाया है अपने वीर जवानों ने और स्वतंत्र सेनानियों ने ।

घनश्याम ओझा : वो तो मैं समझ ही रहा हूं । लेकिन मुझे आपसे कुछ जानना है ।

इंदिरा गांधी : क्या जानना चाहते हैं आप ।

घनश्याम ओझा : भुज 1971 जंग के बारे में जानना चाहता हूं में ।

[तभी चपरासी अंदर आता है और इंदिरा गांधी से कहता है ।]

चपरासी : मैम आपसे हरिचंद दीवान मिलने आये है । तो उन्हें अंदर भेज दु या नहीं ।

इंदिरा गांधी : ठीक है आने दो उन्हें अंदर ।

(चपरासी जाकर हरिचंद को कह देता है । हरिचंद दीवान अंदर आते हैं)

हरिचंद दीवान : जय हिन्द मैम & जय हिन्द सर ।

इंदिरा गांधी : जय हिन्द ।

घनश्याम ओझा : जय हिन्द ।

इंदिरा गांधी : बताइए कैसे आना हुआ ।

हरिचंद दीवान : बहुत अफसोस हो रहा है मुझे । आप ने मुझे मिशन कच्छ में शामिल नहीं किया मैम ।

इंदिरा गांधी : लेकिन तब आपकी पोस्टींग यहां कच्छ में नहीं था इसलिए मैंने आपको मिशन कच्छ में शामिल नहीं किया । कोई बात नहीं अगली बार आपको मिशन में शामिल करूंगी ।

हरिचंद दीवान : आज आप कुछ खास मीटिंग कर रही है मैम । मैंने आपको डिस्टर्ब तो नहीं किया ना आपको ।

इंदिरा गांधी : नहीं कुछ खास मीटिंग नहीं है ।

घनश्याम ओझा : मैम तो मुझे 1971 कि कहानी बताइए ।

इंदिरा गांधी : हा । हमारे साथ जो बैठे हैं वो ही यह कहानी के बारे में आपकों बताएंगे । क्योंकि तब वो इस मिशन में शामिल थे । हरिचंद जी बताइए क्या हुआ था ।

घनश्याम ओझा : नहीं में सुनना नहीं चाहता हूं कहानी । में कुछ सवाल करूंगा उसका ही जवाब देना आपको विस्तार में ।

हरिचंद दीवान : ठीक है

घनश्याम ओझा : मेरा पहला सवाल । 1) भारत पाकिस्तान युद्ध 1971 के दौरान सेना प्रमुख कौन था?

हरिचंद दीवान : में आपको पूरी कहानी ही बताता हूं शुरूआत से । तो सुनीये

1971 का भारत-पाक युद्ध भारत एवं पाकिस्तान के बीच एक सैन्य संघर्ष था। इसका आरम्भ तत्कालीन पूर्वी पाकिस्तान के स्वतंत्रता संग्राम के चलते 3 दिसंबर, 1971 से दिनांक 16 दिसम्बर, 1971 को हुआ था एवं ढाका समर्पण के साथ समापन हुआ था। युद्ध का आरम्भ पाकिस्तान द्वारा भारतीय वायुसेना के 11 स्टेशनों पर रिक्तिपूर्व हवाई हमले से हुआ, जिसके परिणामस्वरूप भारतीय सेना पूर्वी पाकिस्तान में बांग्लादेशी स्वतंत्रता संग्राम में बंगाली राष्ट्रवादी गुटों के समर्थन में कूद पड़ी। मात्र 13 दिन चलने वाला यह युद्ध इतिहास में दर्ज लघुतम युद्धों में से एक रहा।

युद्ध के दौरान भारतीय एवं पाकिस्तानी सेनाओं का एक ही साथ पूर्वी तथा पश्चिमी दोनों फ्रंट पर सामना हुआ और ये तब तक चला जब तक कि पाकिस्तानी पूर्वी कमान ने समर्पण अभिलेख पर 16 दिसम्बर, 1971 में ढाका में हस्ताक्षर नहीं कर दिये, जिसके साथ ही पूर्वी पाकिस्तान को एक नया राष्ट्र बांग्लादेश घोषित किया गया। लगभग ~90000 हजार से ~93000 हजार पाकिस्तानी सैनिकों को भारतीय सेना द्वारा युद्ध बन्दी बनाया गया था। इनमें 79,676 से 91000 हजार तक पाकिस्तानी सशस्त्र सेना के वर्दीधारी सैनिक थे, जिनमें कुछ बंगाली सैनिक भी थे जो पाकिस्तान के वफ़ादार थे।

शेष 10324 से 15000 हजार युद्धबन्दी वे नागरिक थे, जो या तो सैन्य सम्बन्धी थे या पाकिस्तान के सहयोगी (रज़ाकर) थे। एक अनुमान के अनुसार इस युद्ध में लगभग 30000 हजार से 3 लाख बांग्लादेशी नागरिक हताहत हुए थे। इस संघर्ष के कारण, 80000 हजार से लगभग 1 लाख लोग पड़ोसी देश भारत में शरणार्थी रूप में घुस गये।

फिर

हालांकि इस मिशन को राष्ट्रीय सुरक्षा परिषद के कई घटकों का समर्थन नहीं मिल पाया था, और परिणामस्वरूप इसे वीटो कर दिया गया। पाकिस्तान पीपुल्स पार्टी के अध्यक्ष, ज़ुल्फ़िकार अली भुट्टो के वीटो को समर्थन देने और पाकिस्तान की प्रीमियरशिप को शेख मुजीबुर्रहमान को देने से मना कर देने पर आवामी लीग ने राष्ट्रव्यापी सामान्य हड़ताल कि घोषणा कर दी।

फिर राष्ट्रपति याह्या खान ने नेशनल असेम्बली के संयोजन को स्थगित कर दिया जिससे आवामी लीग एवं उसके पूर्वी पाकिस्तान के ढ़ेरों समर्थकों का मोहभंग हो गया। इसकी प्रतिक्रियास्वरूप शेख मुजीबुर्रहमान ने सामान्य हड़ताल की घोषणा की जिससे सरकार बंदी के हालात हो गये साथ ही उधर पूर्व में असंतुष्टों के समूह ने बिहारी जातीय समूहों पर अपनी अहिंसक प्रतिक्रिया करनी आरम्भ कर दी, जिन समूहों ने पाकिस्तान का समर्थन किया था।

मार्च 1971 के आरम्भ में अकेले चिट्टागॉन्ग में ही लगभग 300 बिहारियों को बंगालियों की हिंसक भीड़ ने काट डाला। पाकिस्तान सरकार ने इस "बिहारी हत्याकाण्ड'" के बहाने पूर्वी पाकिस्तान में कुछ दिन बाद २५ मार्च को ऑपरेशन सर्चलाइट के तहत सेना तैनात कर दी। राष्ट्रपति याह्या खान ने तब पूर्वी पाक-सेनाध्यक्ष लेफ़्टि.जन.साहबज़ादा याकूब खां से त्यागपत्र मांगने के बाद पूर्व के असन्तुष्टों को दबाने के लिये और सेना बढ़ा दी जिसमें पश्चिमी पाकिस्तानी सैनिकों की बहुतायत थी।

घनश्याम ओझा : रूक जाईए मुझे यह बताइए कि इस युद्ध का कारण क्या था ।

हरिचंद दीवान : जी बताता हूं ।

इसके पीछे का कारण तत्कालीन अमेरिकी राष्ट्रपति निक्सन और भारतीय प्रधानमंत्री इंदिरा गांधी के बीच संबंधों का अच्छा न होने को भी बताया जाता था। 1971 के समय अमेरिका और पाकिस्तान के संबंध काफी मजबूत माने जाते थे। अमेरिका ने पाकिस्तान को कई अत्याधुनिक हथियार दिए थे।

घनश्याम ओझा : लोंगेवाला युद्ध में कितने जवान शहीद हुए ।

हरिचंद दीवान : लोंगेवाला पोस्ट आज 'इंडो-पाक पिलर 638' के नाम से जाना जाता है। पाकिस्तान ने यहां से घुसने की कोशिश तो की, लेकिन कामयाब नहीं हो सका। इस जंग में भारतीय पक्ष से दो जवान शहीद हुए, जबकि पाकिस्तान को अपने 200 सैनिक गंवाने पड़े।

घनश्याम ओझा : 1971 में रूस ने भारत का कैसे साथ दिया था?

हरिचंद दीवान : संयोगवश युद्ध शुरू होने के कुछ ही महीने पहले ही दोनों देशों के साथ सोवियत-भारत शांति, मैत्री और सहयोग संधि हुई थी. अमेरिकी नौसेना को बंगाल की खाड़ी की ओर बढ़ता देख रूस ने भारत की मदद के लिए अपनी परमाणु क्षमता से लैस पनडुब्बियों और विध्वंसक जहाजों को प्रशांत महासागर से हिंद महासागर की ओर भेज दिया था.

इंदिरा गांधी : आप सभ कुछ पुछ लिजीए घनश्याम जी इन्हें सभ कुछ पता है ।

घनश्याम ओझा : 1971 कैसे महत्वपूर्ण है?

हरिचंद दीवान : 1971 के युद्ध में पाक को मिली थी करारी शिकस्त। बांग्लादेश को आजाद हुए 50 साल हो गए हैं। 16 दिसंबर 1971 बांग्लादेश की आजादी और भारत के शौर्य से भरे इतिहास में बेहद महत्वपूर्ण तारीख है। जब कभी बांग्लादेश के अस्तित्व की बात होगी तब पाकिस्तान के जुल्म, आतंक और बर्बरता और भारत के अदम्य साहस का जिक्र जरूर होगा।

घनश्याम ओझा : भारत के पश्चिमी क्षेत्र में भारत और पाकिस्तान के बीच लड़ा गया पहला बड़ा युद्ध कौन सा था?

हरिचंद दीवान : 1947 का भारत-पाक युद्ध, जिसे प्रथम कश्मीर युद्ध भी कहा जाता है, अक्टूबर 1947 में शुरू हुआ। और कुछ जानना चाहते हैं आप ।

घनश्याम ओझा : नहीं अब तो बहुत कुछ जान लिया है मैंने ।

इंदिरा गांधी : ओर कुछ पुछना है तो पुछ लिजीए घनश्याम जी ।

घनश्याम ओझा : नहीं नहीं अब नहीं ।

(इंदिरा गांधी चपरासी को अंदर बुलाती है ओर कहती है । जाओ तीन कप चाय और गरमा गरम नाश्ता लेकर आओ । चपरासी थोड़ी देर बाद तीन कप चाय और गरमा गरम समोसा लेकर टेबल पर रख देता है ।)

इंदिरा गांधी : चाय पी लिजिए पहले आप दोनों । घनश्याम जी गुजरात के कई गांवों में पानी नहीं आता है । उन लोगों को पानी कि समस्या हो रहा है ।

घनश्याम ओझा : (चाय पीते पीते) हां उन गांवों में पाईप लाईन लगवाना है । काम तो चालु हो जाएगा एक दो दिन में ।

इंदिरा गांधी : कुछ नया योजना बनाया है या नहीं आपने । जिससे गुजरात के लोगों को फायदा हो सके ।

घनश्याम ओझा : करीब चार से पांच योजना अभी लागु ही । लोग उनका लाभ उठा रहे हैं ।

इंदिरा गांधी : कौन सा योजना है वैसे।

घनश्याम ओझा : अन्न योजना , वस्त्र योजना , गांव में सड़क बन रहे और स्कूल ताकि बच्चे पढ़ सके मुफ्त में ।

इंदिरा गांधी : में कुछ नया सोच रही हूं । नया योजना जो भारत में लागु होगा ।

घनश्याम ओझा : कौन सा योजना ।

इंदिरा गांधी : अभी टाइम है लेकिन में आपको इसके बारे में जरूर बताऊंगी ।

(तभी चपरासी फिर से अंदर आता है और इंदिरा गांधी से कहता है)

चपरासी : मैम आपसे मिलने कर्नल भार्गव और उनकी टीम आई है । उन सभी को अंदर आने दु

इंदिरा गांधी : हा आने दो अंदर और जाओ 10 कप फिर से चाय लेकर आना । तुमने अभी खाना खा लिया है या बाकी है ।

चपरासी : अभी तो बाकी है खाना । जी आप जैसा कहे ।

इंदिरा गांधी : चाय देने के बाद तुम आराम से बैठ कर खा लेना ।

चपरासी : ओके मैम ।

(चपरासी उन सभी को अंदर जाने के लिए कहता है और 10 कप चाय लाकर फिर से टेबल पर रख देता है ।

सभी जवानों ने इंदिरा गांधी को जय हिन्द कहा। इंदिरा गांधी ने भी उन्हें कहा जय हिन्द ।)

इंदिरा गांधी : बताइए कैसे आना हुआ ।

कर्नल भार्गव : मैम आपसे और घनश्याम जी से कुछ जरुरी बात कहना था ।

इंदिरा गांधी : कहिए ।

घनश्याम ओझा : कहिए ।

कर्नल भार्गव : मैम गांव के हालात देखते हुए में आपसे यही कहने आया हूं । गांव के चारों तरफ स्टील का गेट लगवाना है और रडार को डबल फ्रिक्वेंसी में एक्टिवेट करना है । इसलिए आप जितना बजट देंगे उतना में हम काम चालू कर वायेंगे ।

इंदिरा गांधी : ज्यादा से ज्यादा खर्चा 7-8 करोड का होगा है ना ।

कर्नल भार्गव : इतना सारा खर्चा ।

इंदिरा गांधी : बोर्डर के चारों साइड माइनिंग करके माइन्स बिछावा देना । रडार को जब डबल फ्रिक्वेंसी में एक्टिवेट करो तब ध्यान रखना कि पक्षियों को नुक्सान ना पहुंचे । पानी कि सुविधा उपलब्ध है कि नहीं गांव में ।

मेजर गमित सिंह : नहीं मैम पानी कि सुविधा उपलब्ध नहीं है गांव में । सभी गांव के लोग एक कुआ से पानी ले जाते हैं ओर वह कुआ बहुत ही गंदा है ।

इंदिरा गांधी : ठीक है । में ये सभी काम आरंभ हो जाएगा । अच्छे से अच्छे करीगरों को भेज दुंगी । ताकि दो दिन में काम कम्प्लीट कर दे ।

कर्नल भार्गव : मैम आपको फोन आया था किसी का ।

इंदिरा गांधी : किसका फोन ।

कर्नल भार्गव : ज़ुल्फ़िक़ार अली भुट्टो कि पत्नी नुसरत भुट्टो का ।

इंदिरा गांधी : हां आया था । सिर्फ उसने मुझ से कहा कि मेरे पति का सब मुझे दे दो बस इतना कहकर उसने फ़ोन रख दिया ।

मेजर ध्यानचंद : मैम कुछ भी कहो तो क्या लेकिन मिशन कच्छ 1972 में बहुत मजा आया ।

इंदिरा गांधी : अरे आप सभी चाय तो पिजीए । बातों - बातों में भुल गयी कहना ।

कर्नल भार्गव : नहीं हम चाय पीने आये है हां ओर एक बात मैम । हमने एक बहुत बड़ी गलती कि है ।

इंदिरा गांधी : कोन सी गलती ओर कैसी गलती ?

कर्नल भार्गव : हमने ज़ुल्फ़िक़ार अली भुट्टो को मार भले दिया मगर उसका संगठन में जो सदस्य हैं वो भी तो इससे जुड़े ही होंगे । हमने उन्हें ना मारकर बहुत बड़ी गलती कि हैं ।

इंदिरा गांधी : अब क्या कर सकते हैं फिर आपको मिशन के वक्त ही ये काम करना था ।

लेफ्टिनेंट कर्नल विवेक कुमार पांडे : मैम हम सोच तो रहे थे लेकिन कर नहीं पाए ।

मेजर गमित सिंह : मैम आपसे हम आपका राय जानना चाहते हैं । इनका करना क्या है ।

इंदिरा गांधी : उडा दो ।

कर्नल भार्गव : मैम ये आपका ही निर्णय है या फिर ??

इंदिरा गांधी : ईट्स माय ऑर्डर । खत्म कर दो कहानी ताकि पाकिस्तान के नागरिक भी चेन से जी सके ओर हम चेन कि शास ले सके । ये काम आपको उसी वक्त करना था । लेकिन पहले आप लोग कुछ नहीं करेंगे । में जानती हु वो कभी ना कभी तो कुछ करेंगे ही । ओर में इसलिए फटा फट निर्णय ले रही हु ताकि आने वाले समय में भारत समस्या का पहाड़ एवम निष्ठा ना रहे । इसलिए उड़ा दो खत्म करो ये चेप्टर ।

कर्नल भार्गव : मैम अगर आप अभी से गांव में काम चालू कर वा देते तो । गांव के लोग भी सुरक्षित रहेंगे ।

घनश्याम ओझा : जाइए काम आज से ही शुरू हो जाएगा बजट का चिंता ना करें आप ।

इंदिरा गांधी : काम तो सिर्फ दो दिन में समाप्त हो जाएगा ।

घनश्याम ओझा : छोटी सी गलती ओर आज भुगद रहा है भारत ।

इंदिरा गांधी : हां वो तो है । क्या जरूरत था भारत में धर्म को अलग अलग करने कि में अपने पिता पंडित जवाहरलाल नेहरू से नाराज़ हुं । नहीं धर्म अलग होता नहीं भारत के लोग अलग होते ।

घनश्याम ओझा :आप अपने पिताजी के विरुद्ध क्यों बोल रही है ।

इंदिरा गांधी : में जो कह रही हु वो सही है । इंसानों को बांटने कि क्या जरूरत थी । तुम मुस्लिम , तुम शीख , तुम ब्राह्मण आपने तो सुना है वसुदेव कुटुंबकम ।

हिंदू धर्म को लेकर उदार थे मेरे पिताजी नेहरू के विचार

दरअसल धर्म और खासकर हिंदू धर्म को लेकर नेहरू के विचार खासे उदार थे. वे महात्मा गांधी की उसी धार्मिक दृष्टि से प्रेरणा लेते थे जो कहती थी कि इतने विशाल देश को धर्म को किराने रखकर नहीं चलाया जा सकता. उनके लिए धर्म का मतलब एक निजी आध्यात्मिकता थी. हां, वे इसके राजनैतिक इस्तेमाल के खिलाफ जीवन भर डटे रहे.

घनश्याम ओझा : मेरा आप से एक सवाल है । बुरा मत मानिएगा मैंने भी यह किताब में पढ़ा था ।

इंदिरा गांधी : पुछीए सवाल ।

घनश्याम ओझा : नेहरू जी ने पुरानी रीति रस्मो का विरोध क्यों किया आप बता सकते हैं ।

इंदिरा गांधी : मेरे पिता कहते थे । भले ही मैंने पुरानी परंपराओं, रीति-रिवाजों और रस्मों को छोड़ दिया हो और मैं चाहता भी हूं कि हिंदुस्तान इन सब जंजीरों को तोड़ दे। जिनमें वह जकड़ा है और जो उसको आगे बढ़ने से रोकती है और लोगों में फूट डालती है। जो बेशुमार लोगों को दबाए रखती है और जो शरीर और आत्मा के विकास को रोकती है।

वह अपने स्पीच में कहते थे ।

दुनिया कब सोएगी भारत जागेगा?

आधी रात के समय , जब दुनिया सोती है, भारत जीवन और स्वतंत्रता के लिए जाग जाएगा। एक ऐसा क्षण आता है, जो इतिहास में बहुत कम आता है, जब हम पुराने से नए की ओर कदम बढ़ाते हैं - जब एक युग समाप्त होता है, और जब एक राष्ट्र की आत्मा, लंबे समय से दबी हुई, उच्चारण पाती है। लेकिन धर्म परिवर्तन करके उन्होंने ठीक नहीं किया । अब में फिर से धर्म को एक तो नहीं कर सकती हुं । तब आप ही बताइए कि ये काम मेरे पिताजी ने सही किया या ग़लत ।

घनश्याम ओझा : बिल्कुल गलत किया । मैम में चाहता हूं जितने भी गरीब और अनाथ बच्चे हैं उनको मुफ्त शिक्षा कैसे प्रदान किया जाए और कैसे गरीबी

खत्म होगी अपने देश में ।

इंदिरा गांधी : गरीबी कैसे खत्म की जा सकती है?

स्वयं ही संभलना होगा गरीबी तब तक खत्म नहीं होगी, जब तक गरीब स्वयं इससे निकलने का प्रयास नहीं करेगा। कुछ बातों का विशेष ध्यान रखें जैसे कि

- योजनाओं का सही क्रियान्वयन हो
- जरूरी है रोजगार
- स्वरोजगार पर ध्यान दे सरकार
- ग्रामीण विकास योजनाएं जरूरी
- श्रम का सही उपयोग हो
- समन्वय आवश्यक
- मुफ्त शिक्षा और चिकित्सा की व्यवस्था आवश्यक

घनश्याम ओझा : ठीक है। अब में चलता हुं । पहले गांव में काम चालू कर वा देता हूं ।

इंदिरा गांधी : हां पहले वह ज़रूरी है । ठीक जाइए ।

(घनश्याम ओझा वहां से चले जाते हैं)

इंदिरा गांधी : अब इतिहास नहीं जानना है और नहीं इतिहास को पढना है । अब इतिहास रचा जाएगा । आप सभी तैयार रहें । जैसा दुश्मन वैसा ही होगा युद्ध । एक काम किजिए में डि.आर.डि.ओ से बात कर ड्रोन मंगवाती हूं । हम ड्रोन को पाकिस्तान के कोहलू में भेजेंगे और उससे हमें यह पता लग जाएगा की उनका संगठन किधर है । ड्रोन में टाइम बम फिट कर देंगे ।

कर्नल भार्गव : मैम यह मिशन हमारा कामयाब नहीं हो पाएगा क्योंकि जब ड्रोन पाकिस्तान में प्रवेश करेगा तो पाकिस्तान का रडार एक्टिवेट हो जाएगा पाकिस्तानी ड्रोन पर फायरिंग करना शुरू कर देंगे ।

मेजर गमित सिंह : एक बार कोशिश तो करते हैं ।

सचिन वर्मा : लेकिन जब वो फायरिंग स्टार्ट करेंगे तब हम बोम ब्लास्ट कर देंगे ।

हरिचंद दीवान : हमें ड्रोन को पाकिस्तान के अंदर लेके जाना है । उसकी सीमा पर नहीं । भार्गव जी कहना चा रहे हैं कि ड्रोन जब पाकिस्तान कि सीमा पर पहुंचेगा तब पाकिस्तानीयों कि उस पर नजर पड़ेगी । इसलिए वह कह रहे हैं कि यह मिशन कामयाब नही हो पाएगा ।

मेजर ध्यानचंद : मैम अभी रात के आठ बज रहे हैं । अगर हम ड्रोन को आज 11 बजे भेजें तो कैसा रहेगा ।

इंदिरा गांधी : मुझे लगता है कि ये मिशन कामयाब नहीं हो सकता है । अगर उनकी नजर पड़ेगी तो वो ड्रोन को छोड़ेंगे नहीं ।

लेफ्टिनेंट कर्नल विवेक कुमार पांडे : मैम अगर हम एक साथ 5 ड्रोन भेजें । सभी ड्रोन को एक एक किलोमीटर दूर रखेंगें । तब ये मिशन जरूर कामयाब होगा ।

इंदिरा गांधी : आईडिया तो ठीक है । भार्गव जी आपका क्या कहना है । भेज दे ड्रोन बोलिए ।

कर्नल भार्गव : एक बार देख लेते हैं भेज के ओर क्या करेंगे ।

इंदिरा गांधी : ठीक है तो मैं डी.आर.डी.ओ से बात कर लेती हूं और हम ड्रोन को 11:00 बजे भेज देंगे । इस ड्रोन को कंट्रोल डीआरडीओ की टीम ही करेगी उनको मैं आपके साथ भेज दूंगी ।

वीर अर्जुन : लेकिन उन्हें आने में तो समय लगेगा ।

इंदिरा गांधी : में उन्हें तुरंत फोन करके कहती हूं आप जल्दी से 5 ड्रोन लेकर आ जाइए कच्छ में । ठीक है तो आप सभी निकलीए आपको भी तो कच्छ पहुंचना है ।

वीर अर्जुन : ठीक है मैम । जय हिन्द ।

- **इंटर-वल**

(सभी सैनिकों ने इंदिरा गांधी को जय हिन्द कहा ओर कच्छ की तरफ प्रस्थान हो गए । तब तक चलिए देख ले कि पाकिस्तान में क्या हो रहा है । नुसरत भुट्टो ने अपने घर खास मंत्री एवम् दलाल को आमंत्रित किया था ।)

नुसरत भुट्टो : आप सभी को क्या लगता है कि मुझे यह मुल्क प्रधानमंत्री बनाएगा या फिर रह जाएगा सपना अधुरा मेरे प्रधानमंत्री बनने का ।

मोहम्मद अली (वकील) : आप जरूर बनेंगे प्रधानमंत्री टेंशन मत लिजिए ।

नुसरत भुट्टो : आपको एक केस हेंडल करना है । नाज़ुक सा केस है । करेंगे हेंडल ?

मोहम्मद अली (वकील) : लेकिन केस क्या है ।

नुसरत भुट्टो : मेरे पड़ोस में एक औरत रहती है । बिचारी कितने सालों से केस लड़ रही है लेकिन केस कभी जीत नहीं पाई । आंतकवादीयो ने उसकी बेटी का अपहरण कर लिया है ओर उसके पति का दावा है कि उसने उसको खत्म कर दिया

है । यही तो मामला है ।

मोहम्मद अली (वकील) : केस तो में हेंडल कर लुंगा । लेकिन कुछ भी कहो आपने इतने मुश्किल समय में अपने परिवार का ढाल बनकर खडी हो आप । हे अल्लाह हे खुदा मुझे सुन रहा है तो सुन इनका जो भी इच्छा हो उसे तु पुरा कर देना ।

नुसरत भुट्टो : जो हुआ आप उसे भुल जाईए । (अपनी बेटी से कहती है बेटा जाओ सेवया होगा सभी के लिए लेकर आओ)

बेनजीर भुट्टो : जी अम्मी ।

(वह सेवया लाकर सभी को दे देती है)

बाबर फारूख (मंत्री) : चुनाव तो आप ही जीतेंगी । आपने उन्हें भारत क्यों जाने दिया । नहीं वो भारत जाते नहीं उनकी मृत्यु होती । मुझे यह बात पाले नहीं पड रहा है कि आखिर भारत ने उन्हें क्यों मारा ।

नुसरत भुट्टो : मुझ से कहे बिना ही चले गए । दो तीन दिन से वो बहुत चिंतित थे । कोहलू और सीबी पर हमला हुआ था उसके लिए । कोई बात नहीं वक्त लौटकर कभी नहीं आता है । अब वो मुझे छोड़कर गए हैं तो वापस लौटकर नहीं आ सकते हैं ।

मोहम्मद अली (वकील) : उन्होंने मारा क्यों ? आपने क्यों नहीं बदला लिया ? गुहार क्यों नहीं लगया इंदिरा गांधी को ?

नुसरत भुट्टो : उन्होंने क्यों मारा और कैसे मारा में नहीं जानती हुं । ओर हां गुहार किसे लगाऊं सभी के सभी मिले हुए थे । बदला तो में लुंगी लेकिन प्रधानमंत्री बनने के बाद । मौत का बदला मौत और खुन का बदला खुन ।

बाबर फारूख : आपको कुछ परेशानी तो नहीं है ना ।

नुसरत भुट्टो : परेशानी तो है फारूख जी । सेवया तो खायीए वरना ठंडा हो जाएगा ।

बाबर फारूख : अच्छा यह परेशानी है आपको । ठीक है खा लेता हूं ।

शोरूम मालिक : देखिए चुनाव के बारे में आपको कुछ खास सुचना देना चाहता हूं ।

दरअसल, पाकिस्तान की राजनीति में भी भारत के लोग काफी रूचि रखते हैं और अब जब चुनाव होने जा रहे हैं तो सवाल ये है कि पाकिस्तान में चुनाव कैसे होते हैं. ऐसे में आज हम आपको पाकिस्तान की संसद का स्ट्रक्चर बताने के साथ ही पाकिस्तान में चुनावी व्यवस्था के बारे में बता रहे हैं. इससे आप समझ जाएंगे कि पाकिस्तान में चुनाव किस तरह होते हैं और यहां प्रधानमंत्री कैसे बनते हैं. ओर

आप यह भी जान लें कैसी है यहां कि संसद ?

कैसी है पाकिस्तान की संसद?

पाकिस्तान की संसद को मजलिस-ए-शूरा कहा जाता है. यह अभी पाकिस्तान के इस्लामाबाद में है. इससे पहले 1960 पाकिस्तान के कराची में थी, जिसे बाद में इस्लामाबाद में शिफ्ट किया गया. पाकिस्तान की संसद में दो सदन होते हैं. पाकिस्तान में निचले सदन यानी राष्ट्रीय अंसेबली को कौमी इस्म्ब्ली कहा जाता है. वहीं उच्च सदन यानी सीनेट को आइवान-ए बाला कहा जाता है. राष्ट्रीय असेंबली भारत की लोकसभा की तरह होती है. हालांकि भारत में राष्ट्रपति संसद का हिस्सा नहीं होता है, जबकि पाकिस्तान की संसद में दोनों सदनों के साथ राष्ट्रपति भी शामिल होता है.

लोकसभा यानी नेशनल असेंबली के लिए चुनाव होते हैं. इसमें कुल 342 सीट होती हैं, जिनमें से 242 चुनाव के जरिए चुने जाते हैं और बाकी के 70 महिलाओं और अल्पसंख्यकों के लिए आरक्षित हैं. वहीं आइवान ए बाला कभी डिजॉल्व नहीं होती है, बस इसके सदस्य बदलते रहते हैं. यहां सदस्यों का कार्यकाल 6 साल होता है. भारत में सांसदों को मेंबर ऑफ पार्लियामेंट कहा जाता है, जबकि यहां सदस्यों को मेंबर ऑफ नेशनल असेंबली कहा जाता है. यहां भी एक स्पीकर होता है.

बाबर फारूख : कुछ में भी आपको समझाना चाहता हूं। आपको में लाइन बाय लाइन समझाता हूं।

•क्या है चुनाव की व्यवस्था?

पाकिस्तान और भारत में चुनाव की व्यवस्था लगभग मिलती जुलती है. भारत के ऊपरी सदन राज्यसभा की तरह पाकिस्तानी सीनेट के सदस्यों को प्रांतीय असेंबलियों के सदस्य चुनते हैं, जबकि निचले सदन राष्ट्रीय असेंबली के सदस्यों को आम चुनाव से चुना जाता है. आप जानते होंगे भारत की लोकसभा में 545 सदस्य होते हैं, उनसे 2 सदस्य मनोनीत किए जाते है. हालांकि, पाकिस्तान में प्रत्यक्ष चुनाव 342 में 272 सदस्यों का चुनाव होता है, जबकि 70 सदस्य के लिए चुनाव नहीं होता है. इन लोगों को खास तरह से चुना जाता है.

• कैसे होता है चुनाव?

दरअसल, 272 सीटों के लिए तो भारत की तरह ही आम चुनाव होते हैं, जिसमें देश की जनता चुनाव में हिस्सा लेती है. इसके बाद अब बात है उन 70 सदस्यों की, जो बिना चुनाव के ही चुने जाते हैं. इन 70 सीटों में 60 सीटें महिलाओं के लिए आरक्षित होती हैं तो 10 सीटें पाकिस्तान के पारंपरिक और धार्मिक अल्पसंख्यक समुदाय के लिए आरक्षित होती हैं. इनका चुनाव आनुपातिक प्रतिनिधित्व नियम

के तहत होता है.

• क्या है आनुपातिक प्रतिनिधित्व नियम?

इन नियम में हर पार्टी की ओर से उम्मीदवार चुने जाते हैं, लेकिन इनकी संख्या उनकी जीती हुई संख्या के आधार पर तय होती है. जैसे मान लीजिए किसी पार्टी ने 100 सीटों पर चुनाव जीता है और किसी ने 50 सीटों पर. ऐसे में 100 सीटों पर चुनाव जीतने वाली पार्टी के 70 में से ज्यादा सदस्य होंगे. जो पार्टी जनता के वोट पाकर जितनी ज्यादा अनारक्षित यानी सामान्य सीटें जीतती है, उसी अनुपात में आरक्षित 70 सीटों पर उनके उम्मीदवार राष्ट्रीय असेंबली के लिए चुने जाते हैं.

• उच्च सदन के लिए अलग व्यवस्था ?

किस्तानी संसद के उच्च सदन सीनेट में 104 सदस्य होते हैं और यह अलग अलग आधार पर चुने जाते हैं. इनमें फाटा, महिला, टेक्नो टोकरा, उलेमा आदि के लिए सीट आरक्षित रहती है. सीनेट के सदस्यों का कार्यकाल 6 साल का होता है. सीनेट को ऐसे कई विशेष अधिकार दिये गए हैं, जो नेशनल असेंबली के पास नहीं है.

इतना आपको समझ आया कि नहीं पहले आप मुझे बताइए ।

नुसरत भुट्टो : हमें सभ कुछ समझ आया । में यह भी दावे के साथ कह सकतीं हुं । मेरा मुल्क मुझे ही प्रधानमंत्री बनाएगा ।

बाबर फारूख : यह तो हो गया प्रधानमंत्री चुनाव कैसे होता है । अब आप जानिए राष्ट्रपति का चुनाव कैसे होता है पाकिस्तान में ।

• कैसे चुना जाता है राष्ट्रपति?

संसद के सदस्य एक वोट देते हैं. जबकी प्रांतीय असेंबलियों के सदस्यों के मत की गणना एक जटिल प्रक्रिया के ज़रिए की जाती है.

सभी चारों प्रांतीय असेंबलियों को उनके आकार और जनसंख्या को दरकिनार कर एकसमान वोट दिए गए हैं.

देश की सबसे छोटी असेंबली बलूचिस्तान के सभी 65 सदस्यों के पास एक-एक वोट देने का अधिकार है. वहीं सबसे अधिक सदस्यों वाली पंजाब असेंबली के सदस्य के वोट को एक वोट का छठवाँ हिस्सा गिना जाता है.

• चुनाव की निगरानी कौन करेगा?

इस्लामाबाद स्थित संसद भवन और प्रांतीय राजधानियों में सुप्रीम कोर्ट के मुख्य न्यायाधीश और हाई कोर्ट के मुख्य न्यायाधीशों की निगरानी में मतदान होगा.

पाकिस्तान के चुनाव आयोग ने अदालतों से चुनाव की निगरानी के लिए कहा है.

बहुत कठिन था बताना लेकिन आपको मैंने लाइन टु लाइन समझा दिया ।

नुसरत भुट्टो : उसके लिए में आपकी शुक्र गुजार हुं । सुना है कि चांद नवाब भी हिस्सा लेंगे प्रधानमंत्री के चुनाव में ।

मोहम्मद अली : हां । मगर जनता आपको ही बनाएगी प्रधानमंत्री ।

बाबर फारूख : एक बात ध्यान में रखे आप सभी । अब्दुल हमीद के कानों में ये बात नहीं पड़ना चाहिए ।

नुसरत भुट्टो : कौन है ये अब्दुल हमीद ।

बाबर फारूख : उसका नाम सुनते सभी कांपते है । करीब उसने हजारों से ज्यादा लोगों का मर्डर किया । पुलिस भी उसका कुछ नहीं बिगाड़ सकती है । राक्षस है किसी को भी अपना नहीं समझता वो । हां लेकिन अली भुट्टो मतलब कि आपके पति को बहुत मानता था ।

नुसरत भुट्टो : कोई भी मुझे उससे कुछ फर्क नहीं पड़ता है ।

बाबर फारूख : में सिर्फ आपको बता रहा था । पाकिस्तान में अभी भी राक्षस जिंदा है । (और मन मे कहने लगा एक अली भुट्टो राक्षस मरा अब ये कब मरेगा)

नुसरत भुट्टो : अभी तो पाकिस्तान में राष्ट्रपति शासन लागू है । जुलाई में चुनाव है सिर्फ 10 दस दिन रह गया है । आज 30 जून हो गया है । चलिए तो चुनाव के बाद मिलते हैं । आप भी जाकर सो जाइए रात के 8 बज गए हैं ।

बाबर फारूख : खुदा हाफ़िज़ ।

मोहम्मद अली (वकील) : खुदा हाफ़िज़ ।

नुसरत भुट्टो : खुदा हाफ़िज़ ।

(वो सभी अपने घर चले जाते हैं ।)

बेनजीर भुट्टो : अम्मी खाना तैयार है । आप कहे तो लेकर आऊं ।

नुसरत भुट्टो : हां लेकर आओ खाकर सो जाते हैं । मेरा सिर बहुत दर्द कर रहा है ।

बेनजीर भुट्टो : नहीं वो कबका खा के सो गए हैं ।

बेनजीर भुट्टो : ठीक है अम्मी खाना खा लो फिर मालिश कर देती हूं ।

नुसरत भुट्टो : मुर्तजा और सनम खाकर सो गए हैं कि अभी तक जाग रहें हैं ।

(रात के 9 बजने वाले थे । कर्नल भार्गव ओर उनकी टीम कच्छ पहुंच । वहां पर इंतजार कर रहे थे डीआरडीओ टीम का ।)

सचिन वर्मा : देखिए सर कब तक आते हैं ड्रोन लेके ।

कर्नल भार्गव : आ जाएंगे जब मैम ने कह दिया तो काम हो ही जाएगा ।

वीर अर्जुन : सर में तो कभी सोचता हूं कि हमारे सबसे बड़ा दुश्मन तो ब्रिटिश है । सर हम सभी जानते हैं भारत आजाद कब हुआ और कैसे हुआ?

भारत 15 अगस्त 1947 में आज़ाद हुआ था. ब्रिटीशर्स ने भारत पर लगभग 200 साल तक शासन किया, ना जाने कितने लोग शहीद हुए तब जा कर भारत को आज़ादी मिली.

मेजर गमित सिंह : ब्रिटिशर्स को हमारे स्वतंत्रत सैनानियों ने सबक सिखा कर उन्हें उनके देश भेजा । तुम जानते हो क्यों छोड़ा ब्रिटिश ने भारत । अंग्रेजों ने भारत को आजाद क्यों किया?

इसके पीछे की वजह एक तरफ गांधी जी भारत छोड़ो आंदोलन में थे, दूसरी तरफ नेहरू और जिन्ना के बीच बंटवारे का मुद्दा गर्माया था। इस बीच 30 जून 1948 तक बड़ा फैसला होने वाला था। तब माउंटबेटन ने ज्यादा इंतजार न करते हुए एक साल पहले यानी 1947 में ही भारत की आजादी का फैसला किया।

वीर अर्जुन : अरे देखिए आ गई डि.आर.डी.ओ ।

मुकेश मकवाना (एरोनॉटिक्स इंजीनियर) : हेलो माय सेल्फ मुकेश मकवाना । मुझे अपने प्रधानमंत्री ने भेजा है । में पांच ड्रोन लेकर आ हुं ।

कर्नल भार्गव : आइए आपका स्वागत है । ड्रोन को सेट करना पड़ेगा या फिर कंप्लीट सैंटिंग है ।

मुकेश मकवाना : नहीं सब कुछ कंप्लीट है । बस हमें आप बताइए ड्रोन को कब भेजना है ।

कर्नल भार्गव : ठीक है तो आप हमारे केबिन में चलिए वहां पर प्रोजेक्टर और कम्प्यूटर है । वहीं से इसे कंट्रोल किजीएगा ।

मुकेश मकवाना : बिल्कुल चलिए अंदर ।

कर्नल भार्गव : हां ।

(सभी केबिन में जातें हैं ।)

मुकेश मकवाना : सर अभी कितने बज रहे हैं ।

वीर अर्जुन : अभी 9 बजके 25 मिनट हुआ है ।

कर्नल भार्गव : आप ड्रोन को 10 मिनट बाद लोंच कर देना ।

मुकेश मकवाना : ओके सर ।

लेफ्टिनेंट कर्नल विवेक कुमार पांडे : नहीं सर हम ड्रोन को 10 बजे लोंच करेंगे ।

कर्नल भार्गव : कोई बात नहीं 10 बजे लोंच करेंगे । मुकेश जी आप 10 बजे के पहले लोंच कर देना ।

मुकेश मकवाना : ओके सर मुझे कोई भी प्रोब्लम नहीं है । वैसे इस ड्रोन को भेजना कहा है ।

कर्नल भार्गव : पाकिस्तान के कोहलू और सीबी में ।

मुकेश मकवाना : आप मेप खोलिए । मुझे परफेक्ट बताइए कि हमें ड्रोन को कैसे भेजना है ।

मेजर गमित सिंह : मुल्तान से सीधा कोहलू फिर सीबी अगर उन्हें ड्रोन आने कि भनक लग गई तो रास्ता बदल लेंगे । हम श्रीनगर से सीधा साहिवाल में प्रवेश करेंगे ।

वीर अर्जुन : सर इस ड्रोन कि खासियत तो बताइए हम सभी को ।

मुकेश मकवाना : ये एक घंटे में करीब 170 किलोमीटर कि दुरी तय कर सकता है । और वीथ एस डी केमरा ।

लेफ्टिनेंट कर्नल विवेक कुमार पांडे : सारे ड्रोन को 1 किलोमीटर दूर रखियेगा । सभी ड्रोन में टाइम बोम फिट कर दिजिएगा ।

(सभ कुछ तैयार था । दस बजने में बस एक मिनट कि देर थी ।)

मेजर ध्यानचंद : सर लोंच किजिए ।

मुकेश मकवाना : ठीक है ।

(पांचो ड्रोन को लोंच कर एक एक किलोमीटर कि दुरी रखके पाकिस्तान कि तरफ भेज दिया गया । ड्रोन करीब 45 मिनट के बाद वह पाकिस्तान में प्रवेश कर गया ।)

कर्नल भार्गव : गमित और ध्यानचंद आप कडी नजर रखना ड्रोन पे ।

मेजर गमित सिंह : जी सर

मेजर ध्यानचंद : जी सर

(जिसका डर था वही हुआ पाकिस्तानी सैनिकों ने उस पर हमला करना शुरू कर दिया । उन्होंने एयर में ही सभी ड्रोन को तबाह कर दिया । ड्रोन तो पुरी तरह से तबाह हो गया । कैसे पहुंचेगा ड्रोन अब कोहलू और सीबी में ।)

कर्नल भार्गव : अब क्या करें । ड्रोन तो गए । मिशन फेल्ड ।

मेजर गमित सिंह : सर कोई बात नहीं । वैसे भी यह मिशन कामयाब नहीं हो पाता ।

(तभी इंदिरा गांधी कर्नल भार्गव को फ़ोन करती है । करीब रात के 11 बजके 39 मिनट हो रहे थे ।)

इंदिरा गांधी : क्या हुआ पता लगा कहा चुपे है उसके चमचे ।

कर्नल भार्गव : मैम पाकिस्तानीयो ने बोर्डर पर ही एक एक करके सभी ड्रोन को तबाह कर दिया ।

इंदिरा गांधी : चलिए कोई बात नहीं ।कभी ना कभी तो पता लग ही जाएगा । ठीक है आप मुकेश जी को कह दिजिएगा वो अभी निकल जाए । उन्होंने मुझे कहा था उन्हें कल अपने भाभी के जन्मदिन में जाना है ।

कर्नल भार्गव : ओके मैम । जय हिन्द ।

इंदिरा गांधी : जय हिन्द ।

(इतना कहकर इंदिरा गांधी फोन रख देती है ।)

कर्नल भार्गव : मुकेश जी आप जाइए आपको कल अपने भाभी के जन्मदिन में जाना है ।

मुकेश मकवाना : लेकिन आपको कैसे पता ।

कर्नल भार्गव : मैम का फोन आया था । उन्हें कह दिजिएगा जाने के लिए ।

मुकेश मकवाना : ओ !! ऐसी बात है । ठीक है में चलता हूं । जय हिन्द जय भारत । आप सभी के साथ काम कर बहुत मज़ा आया ।

कर्नल भार्गव : जय हिन्द जय भारत ।

(मुकेश मकवाना वहां से चले जाते हैं ।)

कर्नल भार्गव : आप सभी भी जाइए अपने अपने बटालियन में ।

(नई सुबह के साथ । पाकिस्तान के न्यूज़ चैनल पर बस एक ही खबर । आखिर क्यों भारत ने पाकिस्तान में जासूसी करने कि कोशिश कि । हमारे प्रेसिडेंट क्यों नहीं लेते कभी एक्सन ।)

नुसरत भुट्टो : (अपनी बेटी से) देख रही हो । कैसे भारत ने बिना कोई वजह के पाकिस्तान में ड्रोन भेजा ।

बेनजीर भुट्टो : हां अम्मी लेकिन ये लोग ऐसा क्यों कर रहे हैं ।

नुसरत भुट्टो : सिर्फ इंतजार करो मेरे प्रधानमंत्री का सभ कुछ बदल दुंगी ।

(यह खबर कोहलू और सीबी में पहुंच गया ।)

शाहाजत खान : मुझे लगता है अपने दुश्मन पगला गए हैं । ड्रोन से क्या जासूसी करना चाहते हैं वो ।

शादाब आलम : फिर से उनको हमारा जल्वा दिखाना पड़ेगा । इस बार ऐसा सबक सिखाऊंगा कि जिंदगी भर याद रखेंगे ।

शाहाजत खान : जरुरत तो है इन लोगों को ।

बेगम अख्तर : नालायकों दस जुलाई को चुनाव है । चुनाव में चांद नवाब और नुसरत भुट्टो हिस्सा ले रहे हैं । तुम्हें क्या लगता है किसे बनाएंगे प्रधानमंत्री ?

शाहाजत खान : नुसरत भुट्टो ही बनेगी पाकिस्तान कि प्रधानमंत्री । अगर चांद नवाब बीच में आया तो उडा देंगे ।

शादाब आलम : शाहाजत सही कह रहा है . नुसरत भुट्टो प्रधानमंत्री बन जाती है । तब उसे भी शामिल कर लेंगे । सभ कुछ पहले जैसा हो जाएगा ।

(कहानी में तभी नया **ट्विस्ट** आया । पाकिस्तान का सबसे बड़ा क्रिमिनल और आंतकवादी अब्दुल हमीद कि एंट्री हुई)

बेगम अख्तर : शायद हमें अब्दुल हमीद को बता देना चाहिए कि अली भुट्टो नहीं रहे इस दुनिया में ।

शाहाजत खान : हां बता देते हैं । वरना हमारे लिए ठीक नहीं होगा ।

(अपने उस्ताद के पास गए)

शाहाजत खान : वालेकुम सलाम उस्ताद । मुझे आपसे कुछ कहना है ।

अब्दुल हमीद : कुरआन अपनी एक आयत में बयान फर्माता है:

“ "वस्त-ईनू बिस्सब्री वस्स्लाह"

सब्र और नमाजों से मदद चाहो .

शाहाजत खान : हां उस्ताद में जानता हूं ।

अब्दुल हमीद : बोल क्या बोलना चाहता है तु ।

शाहाजत खान : यही कि अब हमारे छोटे उस्ताद नहीं रहे ।

अब्दुल हमीद : शुभ शुभ बोल ।

शाहाजत खान : हां अब हमारे बीच छोटे उस्ताद अली भुट्टो नहीं रहे ।

अब्दुल हमीद : किसने मारा मेरे दोस्त को । किसकी इतनी हिम्मत हो गई ।

शाहाजत खान : कुछ भारत के लोग पाकिस्तान में आए थे और उन्हें चढ़ा - बढ़ा कर हिंदुस्तान लेकर गए और कुछ ही समय बाद उन हिंदुस्तानियों ने अपने छोटे उस्ताद को मार दिया । वह हिंदुस्तानी कुछ मिशन को अंजाम देने आए थे । उनका मिशन भी कामयाब रहा ।

अब्दुल हमीद : कौन कौन शामिल था उस मिशन में कहीं से ढूंढ के लाओ उनका नाम ।

शाहाजत खान : उस्ताद में उनका नाम जानता हूं । वो पांचों लोग इधर मिशन कच्छ को अंजाम देने आए थे । वो पांचों का नाम था । मेजर गमित , कर्नल भार्गव , विवेक कुमार , मेजर ध्यानचंद , वीर अर्जुन , सचिन वर्मा । सोरी टोटल 6 लोग थे ।

बेगम अख्तर : तुने हमको बताया भी नहीं । इतनी बड़ी सच्चाई हम सभी से छुपायी ।

अब्दुल हमीद : क्यों रे मुझे बोल नहीं सकता था ।

शाहाजत खान : इसलिए तों आपके पास आया हूं ।

अब्दुल हमीद : (अपने आदमियों से कहते हैं) बंदुक लेके आओ ।

शाहाजत खान : उस्ताद मुझे माफ कर दो । उस्ताद मुझे मत मारो उस्ताद में आपके पैर पडता हुं ।

(अब्दुल हमीद ने बिना कुछ सोचे उसे ठोक दिया)

अब्दुल हमीद : फैंक दो इसकी लाश नदी नाले में । तुम दोनों भी कुछ खबर लाये हो ।

शादाब आलम : (शादाब को मालुम सभ था लेकिन उसने कह दिया) नहीं उस्ताद मुझे कुछ नहीं मालूम ।

बेगम अख्तर : मुझे भी नहीं पता ।

अब्दुल हमीद : ठीक है । अब यहां से चले जाओ तुम्हरा
कुछ काम नहीं है ।

(दोनों वहां से चले जाते हैं)

अब्दुल हमीद : (रिजवान से कहते हैं) सुन बे ध्यान से इन 6 लोगों को मरवा दे । फोन लगा अपने आदमियों को हिन्दुस्तान में है ये लोग । उसे कहना एक एक करके मारे ।

रिजवान : जी उस्ताद । अभी फ़ोन लगाता हूं । (उसने फोन लगाया ओर कहा) हेलो में रिजवान बोल रहा हूं उस्ताद ने कहा कि 6 लोगों को मारना है । उनका पता और नाम तुझे मेसेज कर दिया है ।

अब्दुल हमीद : फोन मुझे दे ।

रिजवान : जी उस्ताद । चालु रखना फोन उस्ताद बात करना चाहते हैं ।

अब्दुल हमीद : अगर काम नहीं हुआ तो तुम्हारा कब्र में खोदुंगा । उनका पुरा खानदान मिटा देना । एक एक करके खत्म करना कहानी । फिर मेन टारगेट हिंदुस्तान कि प्रधानमंत्री इंदिरा गांधी । चल अब फोन रखता हूं ।

रिजवान : उस्ताद ये हिंदुस्तानी हमें कमजोर समझते हैं । इसलिए जब बंटवारा भी हुआ था । तब कितने हमारे मुस्लिम भाई मारे गए ।

अब्दुल हमीद : पता है मुझे जब भारत और पाकिस्तान के बंटवारे के दौरान करोड़ लोग इधर से उधर और उधर से इधर हुए। इस दौरान जो हिंसा हुई, उसमें 10 लाख लोग मारे गए। करीब 1.45 करोड़ शरणार्थियों ने अपना घर-बार छोड़कर

अपने-अपने सम्प्रदाय बहुल देशों में शरण ली। 15 अगस्त 1947 की आधी रात को भारत और पाकिस्तान कानूनी तौर पर दो स्वतंत्र देश बने थे। पाकिस्तान ने अपने बंटवारे की प्रक्रिया 14 अगस्त को कराची में की थी, ताकि आखिरी ब्रिटिश वाइसरॉय लुइस माउंटबेटन करांची और नई दिल्ली दोनों जगह के कार्यक्रमों में शामिल हो सकें। और फिर अभी इतना घमंड है हिन्दुस्तान को । अंग्रेजों ने हमेशा से ही फूट डालो और राज्य करो की नीति को अपनाया। वे हिंदूओं और मुसलमानों दोनों को एक-दूसरे से लड़वाते रहते थे। बंटवारे से पहले 1906 में ढाका में मुस्लिम नेताओं ने मुस्लिम लीग की स्थापना की थी। 1930 में मुस्लिम लीग के सम्मेलन में प्रसिद्ध उर्दू कवि मुहम्मद इक़बाल ने अपने भाषण में पहली बार मुसलमानों के लिए एक अलग राज्य की मांग उठाई थी।

रिजवान : सबसे बड़ी गलती तो पंडित जवाहरलाल नेहरू कि है । धर्म परिवर्तन । लाहौर में 1940 के मुस्लिम लीग सम्मेलन में जिन्ना ने साफ कह दिया था कि वे बंटवारे के बाद दो अलग राष्ट्र चाहते हैं।हिन्दू महासभा जैसे हिन्दू संगठनों को बंटवारा कभी रास नहीं आया। वे हमेशा इसके विरोधी रहे। 1937 में इलाहाबाद में हिन्दू महासभा के सम्मेलन में विनायक दामोदर सावरकर ने अपने भाषण में कहा कहा था कि आज के दिन भारत एक राष्ट्र नहीं है, यहां पर दो राष्ट्र हैं-हिन्दू और मुसलमान। भारत की जनगणना 1951 के अनुसार बंटवारे के तत्काल बाद तक 72,26,000 मुसलमान भारत छोड़कर पाकिस्तान गए। वहीं, 72,49,000 हिन्दू और सिख पाकिस्तान छोड़कर भारत आए थे। इसमें से भी सबसे अधिक आना-जाना 78% पंजाब से हुआ था।

अब्दुल हमीद : अब ये पाकिस्तान चुप नहीं बैठेगा । पाकिस्तान में तो अभी राष्ट्रपति शासन लागू है ना । ओर दस जुलाई को प्रधानमंत्री का चुनाव है ।

रिजवान : नुसरत भुट्टो और चांद नवाब हिस्सा ले रहे हैं ।

अब्दुल हमीद : मुझे सभ कुछ पता है । नालायक । चल अब यहां से जा मुझे नमाज पढ़ना है । एक बात सभी के पास पहुंचा देना । 5 जुलाई को मैंने कोहलू में एक मीटिंग रखा है । बोल देना हाजिर रहे वरना अंजाम बुरा होगा । वैसे कितने लोग अपने आंतकवादी संगठन में है ।

रिजवान : जी उस्ताद बता दुंगा । अभी टोटल 415 लोग हैं । सभी को अच्छे से ट्रेनिंग मिल रहा है ।

अब्दुल हमीद : बहुत कम लोग हैं । ज्यादा से ज्यादा लोगों को बंदी बनाकर संगठन में शामिल करो । उन्हें हम खाली आंतकवादी बनाएंगे ।

रिजवान : जी हुजूर में अब चलता हूं ।

(रिजवान बाहर आकर फोन करता है । रिजवान ने सभी को फ़ोन करके कह दिया । 5 जुलाई को मिटिंग है तो आ जाना । ओर उसने हिन्दुस्तान में अपने आदमी को फोन करके कह दिया । काम हो जाना चाहिए उन 6 में से कोई बचना नहीं चाहिए । उस्ताद ने 5 जुलाई को मीटिंग रखा है कोहलू में ।)

(अगले ही दिन मेजर गमित सिंह को उन आंतकवादीयो ने टारगेट बनाया ओर उन्हें छाती पर गोली मारी । मेजर गमित सिंह घायल हो गए । आंतकवादी निकलने कि कोशिश कर रहे थे लेकिन उनको चारो तरफ से घेर लिया । उन दोनों आंतकवादीयो को पकड़ लिया । मेजर गमित सिंह को अस्पताल में इमरजेंसी आईसिओ में भर्ती किया गया ।)

कर्नल भार्गव : बोल तूने किसके कहने पर यह काम किया । सचिन इसकी तलाशी लो उसका फोन चेक करो ।

सचिन वर्मा : जी सर ।

(सचिन वर्मा ने तलाशी ली और उन्हें एक फोन मिला ।)

सचिन वर्मा : सर ये देखिए फोन ।

कर्नल भार्गव : चेक करो फोन को । तब तक नाम बताओ दोनों अपना जल्दी ।

इमाम हुसैन : मेरा नाम इमाम हुसैन है ।

कर्नल भार्गव : तेरा नाम बता ।

खलील जिब्रान : मेरा नाम खलील जिब्रान है ।

कर्नल भार्गव : क्यों किया तुम दोनों ने ऐसा । बताओं जल्दी वरना मरने के लिए तैयार रहो ।

इमाम हुसैन : हम कुछ नहीं बताएंगे । कुछ भी कर लो । हां हां हां हां हां (हंसते हुए)

लेफ्टिनेंट कर्नल विवेक कुमार पांडे : सर ये लातों के भूत बातों से नहीं मानेंगे । भेज दिजिए इन्हें ऊपर ।

सचिन वर्मा : सर इनके फोन से मुझे बहुत कुछ मिला । ये रिकोर्डिंग सुनिए । रिजवान कह रहा है कि मिशन कच्छ में जो भी शामिल थे उन सभी को खत्म कर दो और 5 जुलाई को मीटिंग है कोहलू में ।

कर्नल भार्गव : इनका क्या करें ।

लेफ्टिनेंट कर्नल विवेक कुमार पांडे : इनका कहानी अब खत्म करे और क्या करें । (विवेक कुमार ने ठोक दिया दोनों को) सर हमें जल्द से जल्द कुछ करना पड़ेगा ।

कर्नल भार्गव : करेंगे क्या ।

लेफ्टिनेंट कर्नल विवेक कुमार पांडे : सर अब इनकी कहानी खत्म करते हैं । चलते हैं पाकिस्तान 5 जुलाई को । चारो साइड टाइम बोम फिट कर देंगे । फिर चेप्टर एंड । साथ ही अब्दुल हमीद भी द एंड ।

कर्नल भार्गव : बार बार पाकिस्तान जाना ठीक नहीं रहेगा ।

मेजर ध्यानचंद : तो क्या सिर्फ गोलियां झेलते रहे हैं सर ।

कर्नल भार्गव : उस वक़्त तो हम पाकिस्तान प्रधानमंत्री से मिलने के बहाने चले गए । अब कैसे जाएंगे ।

लेफ्टिनेंट कर्नल विवेक कुमार पांडे : सर इस बार राष्ट्रपति से मिलने जाएंगे । हम 5 तारीख के सुबह 2 या 3 बजे बोम फिट कर निकल जाएंगे । वैसे भी वो मीटिंग 7 या 8 बजे नहीं करेंगे । 9 बजे के बाद ही वो सभी मीटिंग करेंगे । हमारा काम भी हो जाएगा और साथ ही अली भुट्टो का आंतकवादी संगठन भी खत्म हो जाएगा ।

कर्नल भार्गव : हर बार कि तरह हम किसी को बताकर नहीं जाएंगे । सिर्फ हम में से कोई एक जाएगा ये काम को कम्प्लीट कर आएगा । विवेक तुम नहीं जा सकते हो क्योंकि तुमे निगरानी करनी है । नहीं सचिन , नहीं अर्जुन जाएगा । में खुद जाऊंगा पाकिस्तान ।

मेजर ध्यानचंद : सर मेरे रहते हुए आप नहीं जाएंगे । में जाऊंगा । सर मुझे जाने दिजिए में अपने साथी का बदला जरूर लुंगा ।

कर्नल भार्गव : नहीं में ही जाऊंगा ।

मेजर ध्यानचंद : सर आप मेरी बात कभी नहीं सुनते हो । मुझे जाने दिजिए ।

कर्नल भार्गव : ठीक है । आज 1 जुलाई हो गया । तुम 4 जुलाई को फ्लाइट पकड़ कर पाकिस्तान चले जाना ओर बोम वहीं पर खरीद लेना अगर सामान ना दे तो बोल ना अली भुट्टो का आदमी हूं ।

मेजर ध्यानचंद : सर में आपसे कुछ कहना चाहता हूं । अगर मुझे मिशन के वक़्त कुछ भी हो जाए तो मेरे घर वालों को कुछ मत बताना ।

कर्नल भार्गव : में अभी तक यही सोच रहा हूं कि हमारी सभी बातें पाकिस्तान कैसे पहुंचा ।

लेफ्टिनेंट कर्नल विवेक कुमार पांडे : सर ये दोनों ने ही किया हो चापलूसी और कैसे पहुंचेगा ।

कर्नल भार्गव : ठीक है ये बात किसी को मत बताना सिक्रेट मिशन होगा । अब आप सभी जाइए परेड में ।

(चलिए अब थोड़ा पाकिस्तान में क्या हो रहा है नुसरत भुट्टो के घर ये भी जान लेते हैं ।)

नुसरत भुट्टो : अब्दुल हमीद ने संदेश भेजा है । 5 जुलाई को मीटिंग है अगर नहीं आए तो बहुत महंगा पड़ेगा ।

बेनजीर भुट्टो : अम्मी तो क्या आप जाओगी ।

नुसरत भुट्टो : मुझे गुलामी करने नहीं । मुझे गुलामी कर वाने आता है । में नहीं जाने वाली हुं ।

बेनजीर भुट्टो : अम्मी आपको क्या लगता है हमारे राष्ट्रपति एक्शन लेंगे या नहीं ।

नुसरत भुट्टो : किस बात के लिए ?

बेनजीर भुट्टो : हिंदुस्तान ने ड्रोन भेजा था उसके लिए ।

नुसरत भुट्टो : कुछ एक्शन नहीं लेने वाले हैं । अब जो भी एक्शन लिया जाएगा सिर्फ मेरे प्रधानमंत्री बनने के बाद ।

बेनजीर भुट्टो : जी अम्मी ।

(तीन दिन बीत गए । आज चार तारीख हो गया । मीटिंग के एक दिन पहले ही कोहलू के ओफिस को सजा दिया गया था । मेजर ध्यानचंद निकल पड़े फ्लाइट पकड़ने के लिए । फ्लाइट पकड़ लिया ओर कुछ घंटों बाद पहुंच गए पाकिस्तान । पहुंचने के बाद वो कोहलू जाने के लिए बस में बैठे और अपने लक्ष्य पर पहुंच गए फिर कोहलू पहुंच बोम खरीदने गए बोम लेने के बाद ओफिस पहुंचे। ओफिस पर कोई भी नहीं था । ओफिस बहुत ही बड़ा था । चारों साइड केमरा था । जैसा कहा था उन्होंने अपना काम बहुत अच्छे से किया । करीब उन्हें बोम फिट करने में आधा घंटा लग गया । टोटल 10 दस बोम फिट किया । फिर वहां से वो निकल पड़े । घुमने फिरने के बाद उन्होंने रात को 10 बजे फ्लाइट पकड़ लिया ओर भारत लौट आए । फिर एक नयी सुबह होती है । तारीख 5 जुलाई ।)

कर्नल भार्गव : आ गए अपना काम तो हो गया है ना ।

मेजर ध्यानचंद : जी सर बिल्कुल बहुत ही अच्छे से अपना काम हो गया है । आज दस बजे खबर मिल जाएगा । बस कुछ घंटों बाद ही पता चल जाएगा सर ।

(मीटिंग के लिए सभी हाजिर थे । बोम में टाइमिंग सेट था करीब 9 :50 मिनट पर बोम फट ही जाएगा । खुशी कि बात ये थी उस दिन किसने भी केमरा चेक नहीं किया)

अब्दुल हमीद : सभी को वालेकुम सलाम । मैंने आज बहुत ही खास मीटिंग रखा है ।

शेखर मल्लिक : नुसरत भुट्टो नहीं आयी है ।

अब्दुल हमीद : कोई बात नहीं । नहीं आई तो मत आए मुझे कोई फर्क नहीं पड़ता है । जो नहीं आएगा वो अल्लाह को प्यारा होगा समझे । आप सभी जानते हैं में क्यों लोगों का अपहरण करवा कर उन्हें आंतकवादी संगठन में क्यों जोड रहा हूं । ताकि हम हिंदुस्तानीयो से बदला ले सकु । उन्होंने अपने मुस्लिम भाई के साथ बहुत गलत किया है ।

शेखर मल्लिक : क्या गलत किया है । हमने कहां उनको छोड़ा ।

अब्दुल हमीद : भुल गए गोधरा काण्ड भारत की आज़ादी के बाद के इतिहास में सबसे भयानक दंगे 1969 में अहमदाबाद (गुजरात) में हुए थे जिसमें 5000 मुसलमान मारे गए थे। उस वक़्त गुजरात के मुख्यमंत्री काँग्रेस के"हितेन्द्र भाई देसाई" थे और भारत की प्रधानमंत्री इन्दिरा गांधी थीं।अब याद आया ।

(तभी बोम फट जाता है । पुरी आंतकवादी संगठन के चिथड़े-चिथड़े उड़ जाते हैं । लाशो कि ढेर लग जाती है । बोम फटने कि आवाज़ बहुत जोर से आई थी । पाकिस्तान के न्यूज़ चैनल पर प्रसारित होने लगा । भारत में भी यह खबर पहुंच गयी ।)

नुसरत भुट्टो : वो तो मुझे फंसाया जा रहा था । ताकि में मीटिंग में जाऊं । अच्छा हुआ में नहीं गयी । चलो मेरे रास्ते से अब्दुल हमीद हट गया ।

(आखिर वो दिन का इंतजार खत्म हुआ पाकिस्तान पुरी तरह से आंतकवादीयो से आजाद हो गया । 10 जुलाई को पाकिस्तान ने नुसरत भुट्टो को अपना प्रधानमंत्री चुना । प्रधानमंत्री बनने के बाद नुसरत भुट्टो ने पुरा पाकिस्तान में कड़े नियम और कानून लागू कर दिया । नुसरत भुट्टो ने कितनी बार भारत पर हमला कर वाने कि कोशिश कि मगर हर बार नाकामयाब रही । हमें लग रहा था कि मेजर गमित सिंह गोली लगने के बाद जिंदा नहीं रहेंगे लेकिन उन्हें भी एक जीवन दान मिल गया .)

जय हिन्द जय भारत....

***** **समाप्त** *****

****

कहानी यहीं पर खत्म होता है । उम्मीद है आप सभी को यह कहनी बहुत अच्छा लगा होगा । मुझे ये कहानी लिखने में बहुत मुश्किलों का सामना करना पड़ा लेकिन मैंने ये कहानी पुरा लिख ही दिया । आप सभी अपना प्यार मुझ पर

ऐसे ही बरसाते रहिएगा और में नई - नई कहानी लिखके आपका मनोरंजन करता रहूंगा । यह सारा श्रेय मेरे पिताजी को जाता है वो हमेशा से ही मुझे सपोर्ट करते थे । आज अगर वो होते तो उन्हें बहुत ख़ुशी होती । वो हमेशा मेरे साथ रहेंगे । मेरे प्यारे पापा आई लव यू ।

धन्यवाद आप सभी का

~विवेक कुमार पांडे

****

धन्यवाद

आप सभी मुझ पर अपना प्यार बरसाते रहिएगा और मैं आपके लिए हमेशा नयी नयी कहानीयां लेकर आऊंगा। हमेशा खुश रहे और खुश रखे । खास अपने माता-पिता का ध्यान रखें । याद रखना एक बार खोई हुई चीज दुबारा नहीं मिलेगा उसी तरह मां - बाप को खोदोगे फिर कितना भी रो लो वो फिर दुबारा नहीं आएंगे । कद्र करना सिखों । मैं कहता हूं कि सबसे किमती चीज है ना इस दुनिया में तो वो मां-बाप है ।

Printed by Libri Plureos GmbH in Hamburg, Germany